ANDRÉ LÉO

JACQUES GALÉRON

PARIS
ACHILLE FAURE, LIBRAIRE-ÉDITEUR
23, BOULEVARD SAINT-MARTIN, 23

1865

JACQUES GALÉRON

Paris. — Imp. Poupart-Davyl et Comp., rue du Bac, 30.

ANDRÉ LÉO

JACQUES GALÉRON

PARIS

ACHILLE FAURE, LIBRAIRE-ÉDITEUR

23, BOULEVARD SAINT-MARTIN, 23

1865

JACQUES GALÉRON

LETTRE D'ELISE VAILLANT A SON ANCIENNE AMIE
FEMME D'UN RECTEUR DE L'UNIVERSITÉ

La Roche-Néré, 20 décembre 186..

MADAME,

Si vous avez conservé quelques bons souvenirs du pensionnat Orréard, ne vous rappellerez-vous point cette Elise Mayot, votre meilleure amie d'alors, une grande fille blonde et mince qu'on appelait le *peuplier*; qui, plus âgée que vous de deux ans, je crois, vous expliquait vos leçons et recevait vos confidences, quand nous nous promenions, les bras entrelacés, aux heures des récréations, le long du grand mur tapissé de lierre?

C'est Élise qui vous écrit, mais non plus le *peuplier*, car bien des années se sont écoulées depuis le temps que je vous rappelle. Ma taille s'est épaissie, mes cheveux blanchissent, et vous auriez peine sans doute à me reconnaître. Moi-même, en considérant ces frais souvenirs de l'adolescence, je ne me reconnais guère. A l'intérieur comme à l'extérieur, la vie opère en nous bien des changements.

Depuis que j'ai appris, madame, la nomination de votre mari au poste de recteur de notre université, j'ai eu le désir de vous aller voir et de renouveler l'aimable connaissance de notre jeunesse; mais je quitte notre village bien rarement; puis... je vous crois heureuse, madame; vous avez conservé tous vos enfants; moi j'ai le cœur brisé par une douleur si profonde, qu'il me semble que je n'ai pas le droit de troubler les heureux par ma présence.

J'ai perdu ma fille ; elle avait seize ans... Mais ce n'est pas d'un malheur sans remède que je viens vous entretenir. Il s'agit, au contraire, d'affligés que vous pouvez consoler. Hier encore, nous nous trouvions enserrés, perdus, dans un réseau de basses et méchantes intrigues, et nous désespérions, quand l'idée m'est venue de m'adresser à vous. Depuis ce temps je respire et j'espère. Notre cause est si juste que, j'en suis certaine, vous la comprendrez, et que vous voudrez bien vous charger de la faire comprendre à M. le recteur, abusé par de faux rapports.

Ceux pour lesquels je demande votre protection, madame, l'instituteur et l'institutrice de ce village, ont été noircis, également, aux yeux de l'évêque, et vous voyez, à ce qu'on m'a dit, la baronne de Riochain, si influente à l'évêché, et qui possède ici des terres considérables. Vous pourriez donc peut-être aussi, par l'entremise de cette dame, apaiser nos ennemis. — Mais je vous demande beaucoup, et vous ne savez rien encore de ce dont il s'agit. Permettez-moi de vous raconter en détail toute cette histoire. Je n'ai pas d'autre moyen de vous faire connaître et aimer ces pauvres jeunes gens. La vérité a son accent, que vous reconnaîtrez dans mes paroles. Veuillez vous rappeler aussi qu'Élise Mayot ne mentait jamais.

Probablement, depuis mon départ de la pension, vous n'avez pas entendu parler de moi. Je me suis mariée, à dix-neuf ans, avec un bien honnête homme, que j'aimais beaucoup, M. Vaillant, médecin dans ce bourg de la Roche-Néré, que nous habitons encore. Depuis vingt-deux ans, nous n'avons jamais eu, mon mari et moi, de querelle sérieuse; et, tout en subissant les modifications qu'apportent l'âge et l'habitude, nous sommes restés nécessaires l'un à l'autre, autant que nous l'étions dans les premiers jours de notre union.

Deux enfants nous sont nés : Alphonse, qui étudie la médecine à Paris, et Caroline, maintenant l'éternelle absente...

Ma chère fille avait en grande amitié sa sœur de lait, Suzanne Meslin, fille d'une fermière de ce pays, à laquelle, atteinte d'une longue et grave maladie, j'avais été forcée de confier mon enfant. Caroline n'avait pas de plus grand bonheur, ses devoirs faits, que de courir à la ferme et d'en ramener sa chère Suzanne. Elles passaient ensemble le dimanche à la maison; il me semblait presque dans ce temps-là que j'avais deux filles.

Quand elles arrivèrent à l'adolescence, leur amitié ne fit qu'augmenter. Je les vois encore se promenant entrelacées dans le jardin, leurs deux têtes penchées l'une vers l'autre avec un air de mystère, comme si elles se faisaient des confidences, ou plutôt se communiquaient de naïfs étonnements.

Suzanne a failli mourir de la perte de son amie, et l'une des dernières paroles de ma pauvre enfant fut celle-ci : « Mère, tu garderas Suzanne avec toi. »

Nous décidâmes en effet les Meslin, qui ont beaucoup d'enfants, à nous confier Suzanne ; mais ce fut naturellement à la condition d'*un gage*, et comme nous ne sommes pas riches et que l'éducation de notre fils nous coûte beaucoup, je ne pris pas d'autre bonne. Elle était habituée aux travaux du ménage, et même à d'autres plus rudes ; ce ne fut point une peine pour elle, mais seulement pour moi, qui aurais voulu l'adopter entièrement et la traiter mieux.

Il en résulta que sa situation chez moi fut un peu équivoque, et en quelque sorte double. Je m'arrangeai avec une voisine pour lui épargner les travaux les plus pénibles ; je partageais la plupart des autres, et, dans ses intervalles de loisir, assise auprès de moi dans notre petit salon, elle devenait ma compagne, ou plutôt ma fille. Je m'occupais de son instruction, je développais ses idées, je formais ses manières...

N'était-ce pas naturel, madame ? Et par quelle étrange réserve me serais-je attachée à conserver à cette enfant, que j'aimais, son langage rustique, ses façons brusques, son ignorance? Ma conduite à l'égard de Suzanne fut cependant fort blâmée à la Roche-Néré. On s'écria que j'en voulais faire une demoiselle, et pour cette audace on nous dénigra toutes deux.

J'hésitai quelque temps, puis j'en pris mon parti. D'abord, je ne faisais que seconder la nature, qui avait donné à cette jeune fille une distinction réelle. J'aurais cessé de l'instruire que, par l'effet seul d'un milieu favorable, elle se serait développée elle-même. Au nom de quelle utilité d'ailleurs et de quel droit aurais-je arrêté ses progrès? A quoi le mauvais et le laid peuvent-ils être bons ?

On déclarerait odieuse et stupide l'action d'envelopper de ligaments le bouton d'une fleur pour l'empêcher d'épanouir ses pétales et d'exhaler ses parfums; mais pour empêcher l'éclosion de l'être humain, mille maximes de sagesse banale ont cours dans le monde. « Elle serait bien plus heureuse de ne rien savoir, » me disait-on; « vous lui donnez des idées qui la rendront malheureuse. » Et le fils d'un gros paysan, M. Bonafort, devenu notaire et très-fier de l'être, s'écriait qu'il ne fallait jamais tirer les gens de leur condition.

Mais je voyais ma petite grandir en esprit, heureuse et émerveillée. Elle trouvait à apprendre un si grand charme, qu'elle accomplissait en cela sa destinée; on le voyait bien. A peine avait-elle pu savonner ses pauvres mains rouges, qu'elle accourait de la cuisine auprès de moi, me réjouissait l'âme d'un regard et prenait son livre. Ce n'était pas un enseignement bien régulier. Ignorante moi-même des méthodes, nous butinions un peu au hasard. En définitive, madame, je ne lui ai guère appris que ce que je sais, et c'est peu de chose. Mais c'est encore plus que ne savent les bourgeois d'ici, et voilà tout le crime de Suzanne à leurs yeux. N'est-ce pas cependant une jalousie bien basse que de chercher une ombre de supériorité dans l'abaissement d'autrui ?

Ma Suzanne devenait de plus en plus gracieuse et intelligente. Un jour, en lisant une belle poésie, elle se mit à pleurer ; et, se jetant dans mes bras, me remercia passionnément d'avoir fait pour elle, en lui donnant une nouvelle vie, plus que n'avait fait sa mère. A partir de ce jour, quand nous étions seules, le nom de maman vint de nouveau me rafraîchir le cœur, prononcé par une voix presque aussi douce que celle de Caroline.

Je ne m'en défends point, madame, il nous faut pour vivre un peu de bonheur. Tandis que mon mari va, souvent à plusieurs lieues, porter ses soins aux malades, et en l'absence de mon fils, qui désormais n'apparaîtra plus que par intervalles sous notre toit, Suzanne était toute ma joie et l'est encore. Je cédais au besoin si naturel d'embellir ce que nous aimons, et, tout en résistant à bien des envies, de temps en temps je lui accordais (à moi-même plutôt) quelque brimborion qui la rendait plus gentille. Puis il y a des femmes, vous le savez, qui semblent parées avec les plus simples choses, et Suzanne est de celles-là.

Un ruban de plus va la rendre éblouissante. Quand elle sort de sa chambre, dans son costume de tous les jours, on se dit : « Comme la voilà belle! qu'a-t-elle donc aujourd'hui? » — Rien que sa robe d'indienne, un fichu blanc et son tablier; mais les plis de cette robe et ce fichu ont une grâce particulière; sa coiffure est toujours charmante, et de toute sa personne émane quelque chose de pur et d'harmonieux. Ce n'est pas cette beauté qu'on entend généralement, la beauté des belles statues; non, c'est comme de la candeur et de l'innocence visibles, qui donnent aux lignes assez peu régulières de son visage un charme pénétrant.

Si vous la voyiez, madame, vous ne comprendriez pas qu'on pût éprouver pour elle autre chose que cet intérêt, mêlé de respect, qu'inspirent les jeunes êtres ignorants du mal. Malheureusement il se trouve des gens pour lesquels admirer est une souffrance au lieu d'un bonheur. On jugea que c'était trop de hardiesse à ma Suzanne d'oser être si jolie, et le nom de coquette lui fut infligé, avant même qu'elle se fût doutée qu'elle était belle.

Un des graves événements qui soulevèrent contre Suzanne toute la bourgeoisie de la Roche-Néré fut son changement de coiffure. Elle avait d'admirables cheveux châtains, d'une nuance indéfinissable et naturellement bouclés; mais cette abondante parure, emprisonnée sous un bonnet depuis l'enfance, n'avait jamais été qu'une gêne pour elle. Il y avait une année environ que Suzanne était chez nous, quand elle éprouva de violents maux de tête, dont mon mari attribua la cause au poids réuni des cheveux et de la coiffure, et à la concentration d'une trop grande chaleur autour du cerveau.

Il ordonna donc à Suzanne de se découvrir la tête. J'avoue que je pris grand plaisir à rendre à la lumière ces beaux cheveux qu'elle inondait de reflets, et que je m'étudiai à les relever le plus gracieusement possible, les roulant d'abord en une grosse torsade, puis laissant leur extrémité retomber en grappes bouclées.

Mais ce fut, madame, un cri général. On nous traita, moi de folle, et l'enfant d'impudente. Au lieu des empressements et des chatteries, dont se compose d'ordinaire l'accueil de ces dames, nous ne rencontrâmes plus que paroles froides et visages sévères. Derrière nous on chuchotait, et, le dimanche qui suivit, M. le curé fit un sermon sur le danger des parures et de la vanité, pendant lequel tous les yeux furent braqués sur nous. Insultée dans la rue par ses compagnes, Suzanne en pleurant me redemanda sa lourde coiffure. La mère Meslin, tout inquiète, vint aussi me rapporter qu'on faisait bruit de la chose dans le pays ; et madame Bonafort me fut députée, pour m'adresser, au nom de la société, de sérieuses représentations.

Le bonnet fut donc remis ; mais les maux de tête recommencèrent, plus violents que jamais ; et un jour que la petite, toute pâle, pleurait de souffrance, mon mari en colère fit voler le bonnet à l'autre bout du salon, en déclarant à madame Bonafort qu'elle pouvait, s'il lui plaisait tant, s'en coiffer elle-même, mais qu'il défendait à Suzanne de le reprendre. Cela nous tint brouillés avec les Bonafort pendant quelques mois ; mais ils nous revinrent. On a tant besoin les uns des autres dans les petites villes ! non pour s'entr'aider, mais seulement pour se dévorer un peu.

Un autre grief non moins violent fut un tablier de soie noire que mon fils avait envoyé à Suzanne pour ses étrennes. Ces dames, qui se parent le dimanche d'un tablier de soie, ne purent supporter que la petite Meslin en fit autant.

Mais en voilà bien assez, madame, pour vous faire comprendre la jalousie dont ma fille d'adoption était l'objet déjà, quand vint s'établir à la Roche-Néré l'instituteur actuel, Jacques Galéron.

Cette installation était un grave événement dans notre village. L'ancien instituteur était un rustre à peine décrassé; celui-ci un beau garçon, timide, mais bien élevé, qui se tenait convenablement, s'exprimait bien, et qu'on disait très-instruit; de plus, à marier. Tout cela fournissait ample matière à préoccupations pour des gens dont l'esprit ne vit que de faits journaliers et du soin des affaires d'autrui.

On parlait de lui depuis un mois quand il arriva. Dès lors ce fut bien pis : on attendit sa visite avec ardeur; on courait à la fenêtre pour le voir passer. On disait des choses fantastiques de son grand-père, vieux soldat qui l'avait élevé et vivait avec lui.

M. le curé, qui le patronnait alors, le conduisit dès le lendemain chez les Bonafort et chez mademoiselle Prudence. Toujours accompagné du curé, il se présenta aussi chez nous, quelques jours après, avec son grand-père. Je causai avec celui-ci, autant que le curé voulut le permettre, tandis que mon mari s'entretenait avec Jacques.

Le père Galéron est un bon et curieux vieillard. Il a fait, comme conscrit, la dernière guerre de l'Empire en Allemagne. Ne pouvant se résigner à vivre dans la France envahie, très-jeune encore, il passa en Égypte, à Alexandrie, où il devint capitaine instructeur. La nostalgie le ramena en France; il se maria; mais devenu veuf bientôt, il partit pour l'Algérie, où l'ancien capitaine de Méhémet-Ali gagna le grade de maréchal des logis et la croix.

A cinquante ans on le mit à la retraite. Il avait eu un fils, élevé par la famille de sa femme, et qu'il ne connaissait guère. Ce fils, cultivateur, marié à dix-huit ans, était mort, laissant un enfant. Quand Galéron revint dans son village, il trouva le petit Jacques assez malheureux dans la maison d'un beau-père. Il le prit chez lui et l'éleva.

Ce ne fut pas sans peine ; le vieux soldat n'avait que sa pension. Il se fit écrivain public, et en outre monta une fabrique de bijoux arabes, faits de grains de riz coloriés et de cocos.

Ce bonhomme parle avec originalité de ce qu'il a vu. Suzanne, qui l'écoutait bouche béante, ne s'occupa guère ce jour-là du jeune instituteur.

— C'est un garçon intelligent, me dit mon mari après leur départ. Et il a de beaux yeux et une jolie moustache, ajouta-t-il gaiement en se tournant vers Suzanne.

— Oui, dit la petite d'un air convaincu, il est fort gentil.

Mais elle se remit à parler du père, et ne fut tout d'abord occupée que de celui-ci.

Il n'y avait pas huit jours que les Galéron étaient à la Roche-Néré, quand madame Bonafort donna un dîner en leur honneur. Ils étaient comblés de prévenances ; on en raffolait. Mademoiselle Prudence envoyait des œufs de ses poules au vieux Galéron ; je voyais tous les jours passer sous nos fenêtres le curé courant à l'école ; et comme elle touche à notre maison, soit en allant, soit en revenant, il entrait nous dire un bonjour ; ou bien, s'il nous apercevait dans le jardin, il en avait pour une heure à causer par-dessus le mur, exercice assez fatigant et que je n'aime guère ; mais notre curé causerait des heures entières, un pied en l'air ; il en oublie tout, même sa messe, au grand détriment de son estomac et de celui de mademoiselle Prudence, qui, communiant tous les jours, ne déjeune jamais qu'après midi.

On parle beaucoup, madame, du respect dû au caractère du prêtre. Je consens à l'observer ; mais ceux qui distinguent dans un individu deux êtres différents et irresponsables l'un de l'autre sont plus habiles que je ne sais l'être. Je parlerai du curé

Babillot sans animosité, quoiqu'il nous ait fait beaucoup de mal. La gloire de Dieu lui sert probablement d'excuse intérieure, et je reconnais d'ailleurs qu'il fut poussé par des influences perfides et par la pente naturelle de son caractère bavard et brouillon. Nul de nous n'étant parfait, je ne commets pas la folie de demander à un prêtre la perfection.

Et même, si on le compare aux curés des environs, certes M. Babillot est un des meilleurs : il n'est ni joueur comme celui de Corellet, ni avare comme celui de Babellorie ; ce n'est point un de ces ambitieux pour qui l'autel est un marchepied, et rien des honteux scandales qui ont éclaté en ces derniers temps dans quelques localités n'a eu lieu dans notre paroisse.

Mais il faut que la nature humaine retrouve quelque part ses droits ; il faut qu'un homme sans famille vive de quelque chose ; et comme l'esprit du curé Babillot est un de ceux qui peuvent le moins habiter les sommets de l'abstraction religieuse et philosophique, où nul d'ailleurs ne peut se maintenir toujours, il est conduit naturellement à s'occuper de ce qui se passe dans les familles qui l'entourent. Le foyer de commérages le plus actif et le plus dévot est nécessairement son centre d'attraction.

M. le curé, donc, ne m'entretenait en ce temps-là que de notre nouvel instituteur et de son vieux père, qu'il allait voir tous les jours, ne les pouvant assez attirer chez lui, et dans le but de parler d'eux avec de nouveaux détails chez mademoiselle Prudence et madame Bonafort. Il trouvait alors excellente la méthode de l'instituteur, exaltait son savoir, les progrès de ses élèves, la bonne tenue de l'école. Un jour il nous dit que ce jeune homme ferait bien de se fixer définitivement dans la commune en s'y mariant.

Il y pouvait trouver un bon parti et l'appui d'une famille recommandable. De réticence en réticence, M. Babillot avançait toujours et je le laissais faire, sans l'aider, m'amusant de la peine qu'il prenait à s'aider lui-même. Il y vint enfin, et, sous le sceau du secret, nous confia qu'il croyait que mademoiselle Néomadie Bonafort ne déplaisait pas à l'instituteur, et que ce mariage pourrait bien se faire.

« Elle avait cinq ou six ans de plus que lui; mais ce n'était pas un inconvénient bien grave. Sa tante lui donnerait quelque chose en la mariant. C'était une demoiselle vertueuse, une femme d'ordre et d'économie; elle avait un bon mobilier, un beau trousseau, et l'instituteur, en s'alliant à l'une des familles les plus influentes de l'endroit, ferait certes une bonne affaire. »

Je ne dis pas non et n'en pensai guère davantage. Suzanne, séduite par l'idée de voir la noce, applaudit de tout son cœur, et dès lors nous nous amusâmes à observer les petites menées qui s'ourdissaient, les airs de mystère et les clignements d'yeux de madame Houspivolon, la femme de l'huissier, confidente de mademoiselle Prudence, et les coquetteries de Néomadie. Il n'y avait que Jacques Galéron qui eût l'air de n'être au fait de rien.

Cependant, à force d'instances, on avait vaincu sa sauvagerie et celle du bonhomme, et ils étaient devenus les hôtes obligés des soirées de jeu, qui se tenaient le jeudi chez mademoiselle Prudence, et le dimanche chez madame Bonafort.

Pour ma part, j'assistais rarement à ces soirées. Le jeu m'ennuie; une conversation uniquement composée de commérages me fatigue; puis un autre motif m'en éloignait encore, c'était l'accueil qu'y recevait ma fille d'adoption. Mon mari, qui déteste encore plus que moi ces réunions, refusant presque toujours de m'accompagner, j'emmenais Suzanne pour m'aider à traverser les rues sales et encombrées, où l'on risque à chaque pas, le soir, de trébucher; mais si déjà chez moi l'on affectait de la traiter en soubrette, c'était pis encore chez ces dames. On ne saluait que moi, on s'occupait de moi seule, et l'enfant restait là, rouge et embarrassée, n'osant s'asseoir ni se retirer.

Ne croyez pas, madame, qu'elle visât à conquérir aucun droit dans cette société; elle serait allée sans peine à la cuisine, si je l'eusse permis. Peut-être même l'ai-je fait souffrir autant par mes exigences pour elle que les autres par leurs dédains; mais enfin j'en avais fait ma compagne, ma fille : je la savais supérieure à ceux qui la dédaignaient. et je ne pouvais souffrir qu'on humiliât en elle, en même temps que mon choix, les distinctions les plus vraies.

Je l'avais déclaré : il fallait nous accepter ou nous rejeter ensemble. On prit le premier parti, mais de mauvaise grâce; et ce fut une petite guerre sourde, à laquelle Suzanne se résigna pour l'amour de moi. Muette, assise dans un coin, ma pauvre Cendrillon ne sortait de son immobilité que pour s'empresser, à l'occasion, de rendre quelque service à ses malveillantes hôtesses. Je me rappelle son attitude pendant la première soirée que nous passâmes chez mademoiselle Prudence, après l'arrivée de Jacques Galéron.

Nous étions à la fin de janvier; il faisait très-froid. Tandis qu'une partie de la compagnie occupait la table de jeu, et que l'autre entourait la cheminée, Suzanne s'était placée dans le coin le plus obscur, à côté d'une porte; et, masquée par les joueurs, elle feuilletait assez tristement les *Annales de la propagation de la foi*, seule publication moderne et récente qu'on trouve chez mademoiselle Prudence.

Mademoiselle Prudence Rochet est une fille de cinquante ans, un peu voûtée, brèche-dent, jaune de peau, l'œil vif et la voix mielleuse. Elle porte habituellement un bonnet à rubans roses, et parle en s'écoutant. C'est elle qui pare l'autel le dimanche, qui raccommode les surplis et les chasubles, qui dresse les reposoirs de Pâques et de la Fête-Dieu. Elle surveille aussi quelque peu le presbytère, et fait aux jours de gala les honneurs de la maison de M. le curé. C'est sa voix un peu cassée qui, avec celles des bonnes sœurs, dirige à l'église les cantiques chantés par les petites filles.

Elle est l'amie intime de la sœur Sainte-Angèle. — Vous savez, madame, que nous avons ici une école de sœurs, — bien qu'il y ait, je crois, une secrète jalousie entre ces deux dames à l'égard de la direction des choses de l'église. Mademoiselle Prudence enfin porte le surnom de *la sacristine* dans tout le bourg de la Roche-Néré. Elle a quelque fortune et possède une influence absolue sur l'esprit de sa sœur et de son beau-frère, madame et M. Pigeon.

Permettez-moi de vous présenter ceux-ci, ce qui sera bientôt fait, de même que les autres personnes réunies à cette soirée dont je vous parle.

Madame Pigeon est une ménagère émérite et une bonne mère de famille. Ses trois filles, dont l'aînée a quinze ans, sont douces et gentilles, et la dernière, la peti

Henriette, est une aimable et naïve enfant.

M. Pigeon, petit homme maigre, à figure jaune, — une figure de parchemin, comme on dit ici, — fréquemment contractée par une grimace nerveuse du coin des lèvres, va à la messe, joue au boston et surveille ses fermiers. C'est là tout ce que j'en sais, et nul n'en sait davantage. Il parle peu et ne dit jamais rien. Quand il a fini de jouer, il va s'adosser à la cheminée, en écartant les basques de son habit. Il se dit légitimiste; ses parents l'étaient.

M. Pigeon est un des notables de l'endroit qui ont demandé la révocation de Jacques. Il n'a été en cela que le truchement de sa belle-sœur.

Mademoiselle Néomadie Bonafort, pour laquelle évidemment se donnait la soirée, avait dans les cheveux un nœud de ruban rose. Elle causait très-haut avec l'aînée des petites Pigeon, et, bien qu'il s'agît seulement d'une promenade qu'elle avait faite, c'étaient des rires, des demi-mots et des airs de tête à n'en plus finir.

Mademoiselle Néomadie, orpheline sans fortune, recueillie par sa tante, madame Bonafort, est une assez bonne fille, et qui ne serait pas mal si elle ne louchait un peu. Quoiqu'elle ait vingt-huit ans sonnés, sa tante la traite toujours en petite fille et la mène rudement; car madame Bonafort, grande et grosse brune à triple menton, est aussi impérieuse de caractère que roide d'aspect. On prétend que cette roideur vient de ce qu'elle se serre trop dans son corset; mais, à sa physionomie composée et à son ton tranchant, il est aisé de voir que, le corset fût-il à inventer, madame Bonafort ne pourrait avoir de souplesse dans l'attitude.

Elle ne manque pas d'esprit et a de grandes prétentions à passer pour une femme instruite, sachant par cœur tout Boileau et les morceaux fameux des classiques, outre Delille et Desmoutiers, qu'elle cite fréquemment. Une des distractions qu'elle offre à ses hôtes est un recueil de chansons toujours posé sur la cheminée, et dont elle a orné la mémoire de sa nièce. Ces dames nous chantent parfois :

> En même temps plaisir et peine
> Naquirent au divin séjour;
> De Cythère l'aimable reine
> A ces jumeaux donna le jour.
> Le dieu qui lance le tonnerre
> Leur départit des attributs,
> Il donna des ailes au frère :
> Pour la sœur il n'en resta plus (*bis*), etc.

Madame Bonafort n'est pas dévote, mais elle remplit strictement ses devoirs religieux et gronde son mari quand il cite Voltaire ou d'Holbach. M. Bonafort se donne comme chaud libéral. Il a été destitué de ses fonctions de maire, et l'est cependant encore en réalité sous le nom de son successeur, maître Jean Toussot, le plus riche et le plus vaniteux de nos paysans, nommé l'année dernière, au refus de M. Pigeon.

Malgré l'entrain un peu forcé de mademoiselle Néomadie, le jeune instituteur, que le hasard, ou tout autre agent, avait fait asseoir à côté d'elle, semblait complétement insoucieux de cette faveur ; la tête tournée du côté des joueurs, il souriait des infortunes de son père, qui tenait les cartes et qui suait sang et eau pour apprendre le boston, sous la direction de M. le curé. Jacques, toutefois, n'était pas absorbé tout entier par cette occupation ; car je voyais son regard, glissant à côté, s'attacher sur Suzanne et y revenir sans cesse.

Madame Bonafort ayant proposé un loto pour la jeunesse, on se mit à dresser une seconde table, autour de laquelle se pressèrent bruyamment les petites Pigeon, et où l'on indiqua une place à Jacques, toujours à côté de mademoiselle Néomadie. Le jeune instituteur hésitait à s'asseoir ; il demanda enfin, en montrant Suzanne :

— Mademoiselle n'en est-elle pas ?

— Ah !... certainement ! dit Néomadie, Voulez-vous venir, Suzanne ?

Si dédaigneusement engagée, la fillette refusa ; mais Léontine Pigeon la vint chercher et l'amena par la main.

Comme on le dit, madame, tout est relatif. Pour une enfant dont les seuls plaisirs sont la lecture et le jardinage, le jeu de loto peut sembler charmant. Au bout de quelque temps Suzanne s'anima. En jetant les yeux sur elle, je voyais ses yeux briller et ses dents éclater au milieu des sourires. Elle est naturellement gaie, et cette naïve et jeune gaieté se communique aisément. Bientôt la petite table remplit d'éclats de rires le salon rechigné de mademoiselle Prudence.

— Tu es charmante, disait Henriette Pigeon à Suzanne en l'embrassant.

Mais madame Bonafort imposa silence *aux enfants ;* elle semblait de mauvaise humeur. Jacques Galéron avait cet air doux et cette réserve qui peuvent cacher bien des pensées; mais s'il était occupé de Néomadie plus que de n'importe qui, il y mettait de la dissimulation.

Nous revînmes en sa compagnie, escortés aussi de M. et de madame Houspivolon, qui demeurent de notre côté. Il faisait nuit noire. Le vieux Galéron causait avec moi; madame Houspivolon s'était emparée de Jacques, et Suzanne marchait devant nous avec l'huissier. Nous abordions les rues basses, près de la rivière, quand une petite discussion s'éleva à l'avant-garde sur le chemin qu'il fallait choisir; M. Houspivolon insistant, Suzanne le suivit, et bientôt un double cri nous apprit qu'ils venaient d'entrer dans une flaque d'eau, que M. Houspivolon avait prise pour la terre ferme.

Jacques, d'un bond, s'était élancé au secours de Suzanne. Malgré les refus de la petite, confuse d'être traitée comme une dame par ce beau garçon, il lui donna le bras et la conduisit ainsi jusqu'à notre porte.

Je me doutai bien que madame Houspivolon ne manquerait pas de faire ses remarques là-dessus. Elle vint chez nous les jours suivants sous divers prétextes, dans la soirée, et s'y installa tout le jeudi, jour de liberté pour l'instituteur. Heureusement celui-ci ne parut pas.

Mon mari venait à peine de lui rendre sa visite. Bien que les Galéron nous fussent agréables, nous ne sommes pas de ces gens trop empressés vis-à-vis des nouveaux venus. Madame Houspivolon en fut donc pour ses frais d'espionnage, et moi pour l'ennui que me cause toujours cette petite femme curieuse, taquine et hardie, qui, par calcul ou par instinct, s'est mise au service des désirs et des rancunes de mademoiselle Rochet et de madame Bonafort.

Avec son menton triangulaire, son air fureteur, son nez retroussé, madame Houspivolon a quelque chose du chien qui guette ou poursuit une piste. Son gibier, à elle, c'est le scandale; elle est fière d'en rapporter, et malgré les trente-six ans qu'elle doit bien avoir, elle se pose vis-à-vis de ces dames en enfant charmant, quand elle a fait quelque méchant tour. Il faut dire que l'enfant charmant se change parfois en enfant terrible. Comme elle manque de tact et que l'amour-propre l'enivre, elle commet souvent d'imprudentes sorties ou de fâcheuses indiscrétions.

A partir de ce jour, on ne nous pressa plus d'assister aux soirées, qui continuèrent d'aller leur train, et nous ne vîmes plus guère les nouveaux venus que lorsque le hasard nous les fit rencontrer. Le vieux Galéron seul, fort occupé de son jardin, venait quelquefois chez nous chercher du plant de gazon ou des graines de fleurs. Il me parlait des empressements qu'on avait pour eux d'un ton un peu équivoque :

« Pour lui, à son âge, il ne demandait plus que de la tranquillité. Le curé Babillot était un brave homme, mais il aimait trop à causer. On n'avait pas que cela à faire.

jeunes gens restèrent seuls. La nuit tombait. Je posai ma plume pour écouter ce qu'ils allaient dire, dans l'espoir d'y démêler les vrais sentiments de Jacques.

Mais je crus un moment que j'en serais pour mes frais de curiosité : ils se taisaient. Rompant enfin d'une voix émue ce silence étrange, Suzanne demanda :

— Vous n'allez pas au jardin, monsieur?

— Non, mademoiselle, répondit Jacques.

Et le silence recommença.

— Non, répéta Jacques au bout de quelques instants, je ne vais pas au jardin...

Il se tut de nouveau. Cela valait la peine de reprendre la parole! En d'autres temps, la rieuse Suzanne eût éclaté.

— Parce que... ajouta-t-il sans doute par un effort héroïque, parce que je suis vraiment bien malheureux depuis hier.

— Ah!... vous êtes malheureux... pourquoi?

— Parce que je vous fais peur... ou

plutôt vous avez horreur de moi, n'est-ce pas, mademoiselle Suzanne?

— Mais non, monsieur, je vous assure... je ne trouve pas... ce que vous dites là n'est pas vrai du tout.

— Enfin, vous avez pourtant quelque chose contre moi, bien sûr?

— Oh! non... mais je sais bien pourquoi vous croyez cela : pour la chose d'hier... C'est moi qui avais tort, et j'en suis vraiment fâchée, monsieur Jacques... je vous en demande pardon.

— Je ne vous en veux point, répondit-il d'une voix rauque, après un moment de silence; mais je n'en ai pas moins de peine; parce que, voyez-vous, je ne suis fâché que d'une chose... c'est que vous ne m'aimez pas!

— Ah! vous croyez!

— Voyons, mademoiselle Suzanne, dites la vérité... J'en suis comme fou, au moins... Si vous saviez ce que j'ai souffert depuis hier soir!

— Oh ! je l'ai deviné, dit-elle en tremblant, et je ne peux pas vous exprimer combien j'en ai eu de peine aussi. J'en ai pleuré presque toute la nuit. Mais ç'a été plus fort que moi... quand j'ai vu que vous vouliez m'embrasser, comme ça...

— Mon Dieu ! cela vous fait donc bien de la peine que je vous embrasse?

— Mais non !... c'est qu'il y avait du monde !...

Chère et chaste enfant ! Maintenant, je la comprenais ; elle n'avait pas voulu livrer aux yeux de tous une émotion qu'elle sentait sacrée. Je me levai doucement, et m'esquivai dans le jardin, par la fenêtre qui était ouverte. Il est une force dont on ne tient compte, ni pour la conserver, ni pour en tirer parti, c'est l'honnêteté de la jeunesse. Moi, je la crois plus forte que toute précaution ; ce fut donc sans scrupule et sans crainte que je retins au jardin M. Vaillant et le bonhomme Galéron jusqu'au moment où d'eux-mêmes les deux amoureux nous rejoignirent. Ils étouffaient de bonheur. Suzanne vint m'entourer de ses bras et me combla de caresses, et, sur une ouverture que lui fit mon mari, Jacques réforma ce soir-là l'instruction publique tout entière, et recréa l'âge d'or dans nos communes rurales. Il ne doutait de rien.

Il n'y avait plus qu'à songer à leur mariage ; mais il fallait faire une place sur la terre à ce bel amour ; ils n'avaient le sou ni l'un ni l'autre, et vous savez, madame, que le traitement d'un instituteur lui donne à peine le strict nécessaire. Suzanne déjà possédait les meilleures notions de tout ce qui concerne l'instruction primaire ; il me vint à l'idée de la faire recevoir institutrice : elle apporterait ainsi sa part de travail dans l'aisance du petit ménage.

Nous avions, il est vrai, une école de sœurs ; mais ces pauvres filles ne savent guère que chanter du nez et lire des prières, et n'ont pour tout diplôme que leurs lettres d'obédience, comme la loi le permet. Chose bien extraordinaire, madame, il me semble; car l'instruction et l'obéissance ne sont pas précisément de même nature, et si l'on tient à l'une aux dépens de l'autre, autant vaut fermer les écoles et n'en plus parler. Dans les pays où le droit divin est encore en vigueur, il peut être logique de dire : la vraie science est d'obéir; mais chez nous, où le droit de penser librement est reconnu, Dieu merci ! comment pourrait-on soutenir que l'obéissance est tout le devoir, toute la morale et tout le développement nécessaire aux filles du peuple?

On n'oserait le prétendre, en effet; mais la clause des lettres d'obédience existe.

Nous sommes, dit-on, dans une époque de transition : en paroles, oui; mais le passé est bien toujours notre maître.

Il me parut donc que je rendrais un véritable service à la commune de la Roche-Néré en lui procurant une institutrice qui sût quelque chose, et qui élèverait les enfants au soleil de ce monde, et non dans les souterrains du moyen âge. Deux ou trois de nos petites filles ont failli devenir folles à force d'histoires effrayantes et miraculeuses, et il est certain que l'enseignement catholique place un esprit sincère dans ce dilemme, ou de renoncer à la vie sociale, ou de renoncer à la religion. La foule se sauve de là, je le sais bien, par l'irréflexion, l'indifférence, la moutonnerie; mais cet état de choses peut-il former des esprits justes et des âmes droites? non, assurément; car on ne peut être honnête et raisonnable qu'en se conformant à ce qu'on croit.

Pour vous donner un exemple, madame, de la garantie que présentent les lettres d'obédience, je vous citerai quelques mots, devenus célèbres à la Roche-Néré, de sœur Saint-Corneille, une de nos religieuses institutrices. Il y a quelques années, l'évêque ayant cru devoir ordonner des prières dans les églises pour la conversion des Anglais, une des petites écolières jugea naturellement que ces Anglais étaient des sauvages et s'en enquit près de sœur Saint-Corneille.

— Sans doute, répondit celle-ci. Ne savez-vous pas qu'ils habitent une île?

Il paraît que, pour elle, insulaire et sauvage sont des synonymes. Elle est également persuadée, pour l'avoir entendu assurer en chaire, que Voltaire est un de ceux qui ont crucifié Jésus; aussi demanda-t-elle pourquoi il n'était pas nommé dans la Passion, avec Judas.

Sœur Sainte-Angèle a un peu plus d'instruction; mais cela ne l'empêche pas de croire que les psaumes sont écrits en la propre langue du saint roi David, et comme on lui faisait observer le contraire :

— Oui, dit-elle, du ton d'une personne contrariée d'être reprise; mais après tout, l'hébreu et le latin c'est à peu près la même chose.

Je conviens que sœur Sainte-Angèle n'a pas besoin de savoir l'hébreu, et on lui pardonnerait même d'ignorer la langue française, si elle avait le caractère moins dur et le bras moins fort. On parle à mi-voix de rigueurs exercées sur les enfants dans l'école, et qui dernièrement auraient mis en danger, dit-on, la vie d'une des écolières. Il peut y avoir là-dedans beaucoup d'exagération ; mais ce que je puis affirmer, c'est que tous les enfants tremblent au nom de sœur Sainte-Angèle, et Suzanne, qui a passé quelques mois à l'école des sœurs, a reçu plus d'une fois sur sa joue l'empreinte des doigts de la sainte femme. Tout cela n'est que zèle et amour du bien. Mais, comme il existe des moyens de l'obtenir, non-seulement plus doux, mais plus efficaces, j'étais certaine qu'un grand nombre de parents seraient heureux de confier leurs filles à une jeune personne du pays, connue pour sa douceur et sa bonne conduite, femme de l'instituteur, et mère de famille future. Suzanne et moi, nous nous mîmes donc à étudier avec ardeur les matières de l'examen, et il fut convenu que nous garderions le secret de nos projets jusqu'au moment de les accomplir.

Ce n'était pas chose facile, le droit à la vie privée n'étant pas reconnu chez nous. Vous ne sauriez croire, madame, à quelles obsessions on est exposé dans nos petites localités. Aucune réserve, nulle porte close ; se renfermer chez soi, même dans la plus grande douleur, même au milieu des plus vives souffrances, passerait pour une insulte à la compatissance des bonnes gens, et, pour tout dire, mortifierait trop fortement leur curiosité. Vos voisins ont droit à tous les détails de votre existence ; ils doivent aller et venir chez vous à leur convenance, et toute réserve apparente deviendrait l'objet de conjectures fâcheuses, attendu que les honnêtes gens, disent-ils, n'ont rien à cacher.

Nous ne pouvions pourtant pas nous dénoncer d'avance à l'opposition de la coterie, qui eût jeté les hauts cris de cette concurrence future à l'école des sœurs. Il fallait nous livrer, sans qu'on s'en aperçût, à des études suivies (fort pressées, car nous n'avions qu'un mois et demi jusqu'au jour de l'examen), au milieu des allants et des venants qui entraient chez nous sans cérémonie. Tourner la clef dans la serrure, il n'y fallait pas penser, car cela aurait pu, de suppositions en suppositions, nous mener en cour d'assises. Maintenant que nous étions au commencement de juin, nous ne pouvions pas non plus fermer la fenêtre; et, un jour qu'elle était seulement entre-bâillée, pendant notre leçon de géographie, M. Bonafort, en passant, par espièglerie ou par tout autre motif, la poussa de la tête en disant bonjour, et introduisit ainsi tout à coup dans notre intérieur ses deux yeux écarquillés.

Nous allâmes étudier en haut, dans la chambre de Suzanne; mais souvent il arrivait, au bout de peu d'instants, que nous entendions ouvrir la porte d'entrée et que l'on parcourait la maison en criant :

— Ma voisine! où donc êtes-vous?

Nous nous hâtions de descendre; mais, la seconde fois, madame Bonafort nous dit d'un ton soupçonneux :

— Ah ça! que faites-vous là-haut?

Aussi prîmes-nous l'habitude d'aller passer les après-midi, avec nos livres et nos cahiers, sur le banc de rosiers, sous le vieux mur. Il y avait là une table rustique, et comme c'était au fond du jardin, nous avions le temps de cacher dans les feuillages ce qui aurait pu nous trahir, ne gardant à la main qu'un seul livre de lecture.

Malgré toutes ces précautions, on sut quelque temps après que Suzanne allait se faire recevoir institutrice et de plus épouser l'instituteur. Comment un secret si bien gardé avait-il pu nous échapper? Suzanne ne l'avait pas même dit à sa mère!

Ces propos, nous ne les apprîmes d'ailleurs que plus tard. Nous nous aperçûmes seulement à certaines froideurs qu'il y avait quelque chose; puis, de facile qu'il était, le curé devint très-taquin pour Jacques. Il n'allait pas moins souvent visiter l'école, au contraire; mais si sa bonne volonté avait été importune, sa malveillance fut insupportable. Il reprenait sur ce qu'il ne comprenait pas, troublait la classe de longues et pédantes dissertations, conseillait toujours autre chose que ce que l'on faisait, et, soit hasard, soit intention, interrogeait surtout les plus mauvais élèves, en ayant soin de noter leurs réponses. Ces notes, sans doute, ont été transmises à M. le recteur, madame, et ont dû lui donner une bien triste idée du niveau de l'instruction à la Roche-Néré.

Les choses en vinrent au point que Jacques déclarait n'y pouvoir tenir. Toute la discipline de l'école était relâchée. Naturellement brouillon et bavard, M. le curé ne s'aperçoit jamais qu'il perd le temps et le fait perdre aux autres. Le blâme tacite qu'il jetait journellement sur les méthodes de l'instituteur était compris des élèves et altérait chez eux la confiance, le respect et l'application, ce qui ne les empêchait pas, du reste, de se moquer du curé sous cape.

Le ministre du culte a toujours l'entrée de l'école, dit la loi. La Roche-Néré n'ayant pas deux mille âmes, les seules autorités préposées à la surveillance de l'enseignement sont le maire et le curé. En appeler au maire? on y aurait bien pensé; mais Jean Toussot n'était une autorité que de nom, comme cela arrive fréquemment dans les campagnes. C'est pourquoi il est bien étrange, madame, que l'instruction publique se trouve ainsi livrée à la discrétion absolue d'un seul homme, qu'on pourrait appeler son ennemi naturel; car vous savez quel dédain la religion chrétienne affiche pour la science, et combien l'instruction du peuple paraît chose inutile et funeste aux cléricaux.

La preuve, c'est que M. Babillot fit tant et si bien que tout le temps de la classe se passa en exercices religieux et en prières.

En réponse aux observations de l'instituteur, il citait ce texte de la loi :

« Dans toutes les divisions, l'instruction morale et religieuse tiendra le premier rang. Des prières commenceront et termineront toutes les classes. Des versets de l'Écriture sainte seront appris tous les jours. Tous les samedis, l'Évangile du dimanche sera récité. Les livres de lecture courante, les exemples d'écriture, les discours et exhortations de l'instituteur tendront constamment à faire pénétrer dans l'âme des élèves les sentiments et les principes qui sont la sauvegarde des bonnes mœurs, et qui sont propres à inspirer la crainte et l'amour de Dieu.

« Les enfants de six à huit ans formeront la première division. Indépendamment des lectures pieuses faites à haute voix, ils seront particulièrement exercés à la récitation des prières. »

Les enfants de la campagne, on le sait,

ont la mémoire paresseuse, l'imagination endormie, le travail d'esprit, en un mot, lent et difficile. L'instruction religieuse absorbait donc tout, ou à peu près, et le malheureux Jacques voyait avec désespoir que, malgré ses efforts, il ne parviendrait à faire entrer dans la tête de ses élèves aucune des notions qui eussent ouvert et délié leur intelligence, ou qui, rapportées à la maison paternelle, eussent fait dire à leurs parents : « A la bonne heure, petit, ça te sert à quelque chose d'avoir dépensé de l'argent à étudier. »

Le vieux Galéron, furieux, venait grommeler chez nous, quand il se sentait trop violemment tenté de mettre à la porte M. Babillot.

— N'avais-je pas raison, nous disait-il, de me défier de cet homme-là? Est-ce pas curieux qu'ils soient redevenus les maîtres chez nous comme autrefois? Et pourtant, quand une nation comme la France fait une si grosse révolution pour se débarrasser de ce qui la gêne, ça devrait signifier quelque chose, à mon avis.

Mademoiselle Prudence affectait de ne pas nous voir, ou jetait sur nous de ces regards dont la charité religieuse a seule le secret, et qui nous eussent abîmées dans l'horreur de notre crime, si nous nous fussions senti la conscience coupable.

Plus serrée que jamais dans son corset, madame Bonafort passait à côté de nous en laissant tomber de si haut un salut si petit, que c'était à peine; et madame Houspivolon apportait chez nous, avec son tricot, une foule d'insinuations impertinentes, qu'elle glissait d'un ton doucereux, pour aller ensuite se vanter à ces dames de ce qu'elle avait dit, en l'exagérant.

— Il y a quelque chose contre nous, disais-je à Suzanne; mais que savent-ils?

Nos amoureux se voyaient tous les soirs. Comme c'est l'heure où mon mari, fatigué de ses courses à cheval dans la campagne, dîne et se repose, j'ai pris depuis longtemps l'habitude d'écarter les importuns à ces heures-là; c'est le moment d'ailleurs où chacun de son côté mange ou cuisine chez soi. Mais le curé Babillot s'attarde partout et n'a point d'heure fixe; il vint donc souvent, le soir, de l'école chez nous demander Jacques. Celui-ci, bien vite, sautait par la fenêtre dans le jardin, quand Suzanne et lui ne s'y trouvaient pas déjà, au bras l'un de l'autre, causant tout bas, et enveloppant d'ombres et de mystères leur chaste amour.

Quand il ne les voyait ni l'un ni l'autre, le curé demandait avec insistance où était Suzanne. Il me dit une fois :

— Je m'étonne, madame Vaillant, que vous laissiez une jeune fille se promener comme cela le soir, dans un jardin, au milieu des émanations des fleurs. C'est dangereux; cela donne de mauvaises pensées.

J'avoue que je fus indignée, et je lui dis vivement que l'esprit d'un prêtre ne devrait jamais se permettre de toucher à l'âme d'une jeune fille, ni prétendre pouvoir la juger en rien. Et comme il insistait :

— Laissez donc, lui dis-je; vous n'avez qu'une chose à faire, c'est d'invoquer la fin du monde, afin de guérir l'homme, une fois pour toutes, de la nature et de l'humanité.

De ce moment, je fus mise au rang des hérésiarques. J'avais voulu piquer M. Babillot pour qu'il nous laissât tranquilles; mais je m'étais trompée en comptant de sa part sur quelque délicatesse; il revint. Ne voulant pas faire d'éclat, dans l'intérêt même des deux jeunes gens, et n'étant pas encore sûre que ce fût de l'espionnage, je priai mon mari d'être patient, et je rendis les entrevues de nos amoureux plus courtes et plus furtives. Pauvres et nobles enfants! c'est une horrible chose que cet esprit de soupçon qui, parce qu'il ne conçoit rien que d'impur, nie toute innocence. Plus d'une leçon de grammaire se donnait pourtant dans ces soirées au jardin, au milieu des dangereuses émanations des fleurs, comme disait M. Babillot, et parmi toutes les influences — énervantes pour les lâches peut-être, mais sublimes pour les forts — des beaux soirs d'été. Leurs mains étaient réunies, parfois sans doute un baiser s'échangeait; mais leurs cœurs ne s'en élançaient qu'avec plus de force vers ce doux avenir de devoir et d'amour qu'ils rêvaient ensemble.

Un soir, Jacques ne vint pas, Suzanne, agitée, dévora sa peine; mais, le lendemain matin, je la trouvais tout en larmes et elle me disait: « Maman, peut-être il est malade. »

Ne voulant point qu'on la vît entrer dans l'école, j'y allai moi-même, à l'heure de la récréation. Tandis que les enfants jouaient parmi les ruines du château, Jacques était adossé contre le platane, les bras croisés, le menton sur la poitrine, morne, comme sous le poids d'un malheur. Il s'empressa d'aller me chercher un siége, et voulut causer des riens ordinaires qui défrayent les rencontres de la plupart des êtres humains, et recouvrent tant d'aparté. Mais le brave garçon dissimule fort mal; il avait un vif chagrin; je le voyais et le lui dis, ajoutant que Suzanne était inquiète de ce qu'il n'était pas venu la veille au soir.

— Le curé était ici, me dit-il, et m'a retenu toute la soirée. Vous comprenez que mon temps lui appartient, aussi bien que ma demeure; je n'ai rien à moi.

— Quand Suzanne aura passé son examen, dis-je, et que vous serez mariés, toutes les cachotteries seront inutiles; vous aurez plus de liberté.

— Moi! de la liberté! s'écria-t-il; un forçat, à la bonne heure! Vous ne voyez donc pas, madame Vaillant, que tout le monde a droit sur moi, excepté moi-même? Je suis sous l'autorité du préfet et du conseil départemental pour tout ce qui regarde ma conduite, mes opinions et les rapports qu'il peut plaire à tel ou tel de faire contre moi. Je suis sous les ordres du recteur pour l'instruction, les méthodes, les livres que je dois choisir, les vêtements que je dois porter, les lectures que je puis faire, l'emploi de mes jours de congé, et mille autres choses. Je suis sous la surveillance des délégués cantonaux et de l'inspecteur de l'Académie; soumis à l'exigence des parents, qui me reprochent de n'avoir pas donné à leurs enfants plus d'intelligence. L'opinion publique m'observe d'un œil jaloux. Mais tout cela est bien, tout cela est supportable. Ce qui ne l'est pas, c'est que je suis l'esclave, le jouet, la bête de somme d'un homme que certaines études, faites en dehors de tout contrôle social, ont placé là, qui par principe est mon ennemi, qui par principe hait l'instruction, jalouse l'État et ne tolère la famille que par grâce! Le peu d'initiative qui m'est laissée, il l'accapare; il usurpe ma fonction, règle tout chez moi. Pourquoi diable! ne serait-ce pas lui qui fût l'instituteur? Avec le moindre vicaire, la chose irait à merveille, et puis ce serait plus franc.

Quant à moi, par moments j'ai envie de me faire soldat. Ah! si j'avais su!...

— Et Suzanne? observai-je en souriant.

— Eh! voilà! je sais bien, allez! Ce sont toujours les intérêts qui tiennent les hommes, et cette chère fille, c'est plus que mon intérêt; elle est, je crois, mon âme tout entière. Mais c'est aussi pourquoi j'hésite, madame Vaillant, à la mettre dans cette galère, où elle souffrira comme moi. Si je pouvais obtenir une place aux chemins de fer, ou ailleurs...

— Vous oubliez la conscription, Jacques.

— Oui, c'est notre boulet. Je vous le dis, de vrais forçats! Savez-vous que, sans cette clause, il pourrait y avoir une désertion générale, et que c'est bien avisé?

Je m'efforçai de relever son courage par un mauvais moyen, généralement employé, qui est d'atténuer le mal. Il souffrait trop pour que cela pût le convaincre, et, s'impatientant, il alla me chercher plusieurs petits livres de lecture et un manuscrit.

— Tenez, me dit-il, la chose la plus difficile, le grand talent du maître, le seul même, car ce n'est pas nous qui faisons la science, c'est d'intéresser l'enfant à l'étude. Un enfant de huit à dix ans, intelligent et capable de comprendre un livre, saura lire dans ces conditions au bout de quinze jours, tandis qu'il y mettra une année, et encore ne le saura guère, si on le rebute par l'ennui. J'ai pensé que des phrases courtes, offrant des images agréables, lui donneraient, en l'amusant, le désir de savoir lire, et j'ai fait ce petit cahier, que je voulais présenter à M. le recteur pour qu'il vît s'il valait la peine d'être imprimé. Mon Dieu! ce ne sont que des niaiseries; mais quand j'ai fait lire cela tout haut par les grands, qui lisent l'écriture, les petits se sont mis à lever le nez et à écouter de toutes leurs oreilles :

« — Petit frère, que vois-tu dans ce buisson?

« — Je vois un nid. Écartons doucement les branches.

« — Parlons bas; la mère est là.

« — Elle nous regarde!

« — Oui; je vois ses petits yeux qui brillent; elle a peur.

« — Ah! elle s'envole. O sœur! vois, quatre petits!

« — Ils n'ont que le duvet.

« — Comme ils sont laids et mignons!

« — Faut-il les prendre? » Etc.

C'était une suite de petits tableaux naïfs du même genre et d'une douce moralité; mais le curé avait blâmé cela, parce qu'il n'y était parlé ni de Jésus, ni de la sainte Vierge.

Ensuite Jacques me montra le *Premier livre de l'enfance*, par M. Delapalme, ouvrage simple et poétique, à la portée des enfants, qui le lisaient avec intérêt. Mais M. le curé, sans proscrire celui-ci, qui est autorisé par le conseil de l'instruction publique, avait préféré, comme premier livre de lecture, les *Pensées chrétiennes* du père Bouhours, auxquelles ont été ajoutées, par l'abbé Doubet :

Des conseils à un enfant chrétien ;

Une instruction sur la dévotion à saint Joseph ;

Une instruction sur la dévotion aux anges gardiens ;

Ouvrage divisé par syllabes et destiné à servir de livre de lecture aux commençants.

Je me mis à parcourir ce petit livre :

« Dieu seul est notre dernière fin ; il n'a pu nous créer que pour lui... Soyons donc à Dieu, puisque nous appartenons à Dieu... Il n'y a rien de plus inutile, ni de plus monstrueux, qu'un cœur qui, n'étant fait que pour Dieu, n'est pas tout à Dieu. Me comporté-je comme une créature qui n'est que pour Dieu ? Toutes mes pensées et toutes mes actions sont-elles pour lui ?

« Que faisons-nous sur la terre, si nous

ne faisons l'unique affaire pour laquelle nous y sommes?

« Prenez ici la résolution de chercher uniquement Dieu, et de ne lui rien dérober de ce qui lui appartient.., Celui qui vous a faits tout ce que vous êtes a droit d'exiger de vous que vous soyez tout à lui.

« Dès qu'on a de l'attachement pour le monde, on cesse en quelque façon d'être chrétien. Ce monde profane, si passionné pour la grandeur, pour le plaisir, pour tout ce qui flatte l'amour-propre, est le capital ennemi de Jésus-Christ. Leurs maximes, leurs commandements, leurs intérêts sont contraires; on ne peut pas les servir tous deux ensemble; il faut rompre avec l'un ou avec l'autre.

« ... Priez Notre-Seigneur qu'il détruise en vous l'esprit du monde et qu'il vous donne la force de mépriser les grandeurs du siècle.

« La figure de ce monde passe.

« Un chrétien a bien sujet de craindre la

mort, quand il ne vit pas en chrétien. Mourir ennemi de Dieu, ô la triste mort! ô funeste moment qui finit les plaisirs du monde et qui commence les peines de l'éternité!

« ... Il n'y a point de temps à perdre. Chaque moment peut être le dernier de notre vie.

« ... Accoutumez-vous à faire chaque action de la journée comme si vous deviez mourir après l'avoir faite.

« Je ne suis peut-être éloigné de la mort que d'un pas. Il n'y a point de lendemain pour un chrétien.

« Que nous aurions d'horreur de l'enfer si nous pouvions entendre les cris lamentables des damnés! Ils soupirent, ils gémissent, ils hurlent comme des bêtes féroces, au milieu des flammes. Ils s'accusent de leurs péchés, ils les pleurent et les détestent; mais c'est trop tard. Leurs larmes ne servent qu'à rendre plus ardents les feux qui les brûlent sans les consumer. Pénitence des damnés, que tu es rigoureuse, mais que tu es inutile!

« Ne voir jamais Dieu, brûler dans un feu dont le nôtre n'est que l'ombre, souffrir toutes sortes de maux en même temps, sans consolation, sans relâche; avoir toujours des démons devant les yeux, toujours la rage et le désespoir dans le cœur, quelle vie!

« ... La colère de Dieu peut-elle aller plus loin que de punir des plaisirs qui durent si peu par des supplices qui ne finiront jamais?

« O éternité! quand un damné aura répandu autant de larmes qu'il en faudrait pour faire tous les fleuves et toutes les mers du monde, n'en versât-il qu'une chaque siècle, il n'aura pas plus avancé, après tant de millions d'années, que s'il ne commençait qu'à souffrir... Et quand il aura recommencé autant de fois qu'il y a de grains de sable sur les bords de la mer, d'atomes dans l'air et de feuilles dans les forêts, tout cela sera compté pour rien.

« Les damnés n'ont pas seulement à souffrir pendant toute l'éternité ; ils souffrent à chaque moment l'éternité tout entière. L'éternité leur est toujours présente ; l'éternité entre dans toutes leurs peines. Ils ont toujours dans l'esprit que ces peines ne finiront jamais. O la cruelle pensée ! ô le déplorable état ! Une éternité brûler, une éternité pleurer, une éternité enrager !

« ... Pour un moment de plaisir, une éternité de supplices !

« ... Toutes les créatures ne sont faites que pour notre salut. Elles deviennent inutiles dès qu'on ne s'en sert pas pour cette fin-là. Ainsi, dès qu'un homme cesse de travailler à son salut, le soleil ne devrait plus luire, les cieux devraient s'arrêter ; la terre ne devrait plus rien produire pour lui, les anges devraient l'abandonner, ou plutôt il devrait tomber dans le néant. Il est indigne de la vie quand il ne vit pas pour Dieu.

« ... La vie chrétienne est une vie crucifiée. A moins que d'aimer la croix, il faut renoncer à la foi. »

Je rendis le livre à Jacques, en lui disant que le choix de ces sujets pour la première enfance me semblait quelque chose d'admirable.

— Il faut entendre, me répondit-il, les enfants ânonner cela d'un ton lamentable! S'ils comprennent un peu, leurs yeux arrondis par la terreur font mal à voir, et leur pauvre petite imagination emporte cela pour les visions du crépuscule ou pour les rêves de la nuit. La plupart, heureusement, n'y entendent que des mots sans suite, mais ils puisent là-dedans l'horreur de la lecture. Enfin, madame Vaillant, je vous assure que, pour un honnête homme de bonne volonté qui voudrait faire de sa fonction une œuvre d'amour et de conscience, le pire des métiers est celui que j'ai choisi. Moi qui le croyais si beau!

Il tordait sa moustache en disant cela,

une moustache noire, toute jeune encore, et qui lui seyait à merveille. C'était décidément un charmant garçon que Jacques, surtout quand ses yeux noirs lançaient de tels feux, et que son front s'éclairait ainsi des lueurs du sentiment et de la pensée.

— Mes chers enfants, lui dis-je, vous vous aimerez, ce sera votre refuge. Assurément je ne suis pas de l'avis du père Bouhours, puisque je crois que notre devoir consiste au contraire à combattre la souffrance dans ses causes, qui sont toujours quelque mal, c'est-à-dire quelque erreur ; mais vis-à-vis de l'impossible, il faut se résigner. Vous vous consolerez par votre amour.

Je le quittai fort triste ; car je sentais bien toutefois que ces situations-là sont mauvaises pour l'âme d'un homme, et qu'elle doit s'affaisser lorsque, au lieu d'une œuvre, elle se voit condamnée à ne faire qu'un métier.

En rentrant chez moi, je vis au seuil de

sa boutique ma voisine la marchande, qui causait avec madame Houspivolon.

— M. Alfénor est chez vous, me dit celle-ci.

— Ah! y a-t-il longtemps?

— Mais oui; n'est-ce pas, mère Gogon? Mais il ne s'ennuie pas; il cause avec mademoiselle Suzanne.

Je ne vous ai pas parlé, madame, de M. Alfénor Granger. C'est un jeune homme, du moins il passe toujours pour tel, n'étant pas marié; mais il doit avoir près de quarante ans. Il est riche; il vit l'été chez sa mère, à la Roche-Néré; mais l'hiver à Paris, dans la société des étudiants, à ce que m'a dit mon fils (auquel, je crois, il n'a pas donné de bons conseils ni de bons exemples). On ne comprend guère qu'un homme habitué aux plaisirs de la grande ville passe sans trop d'ennui six mois à la Roche-Néré; mais notre petite société bourgeoise choie beaucoup M. Alfénor, et ces saintes dames lui donneraient de bon cœur pour femme l'aînée des petites Pigeon, quoique la pauvre enfant n'ait guère plus de quinze ans.

Je le crois un peu d'humeur césarienne et satisfait d'être le premier de son village. En outre, il est gourmand, et sa mère possède la meilleure cuisinière du pays, outre une femme de chambre assez jolie, qui passe, à tort j'aime à le croire, pour être la maîtresse de M. Alfénor. On n'en sait rien ; et c'est assurément un triste signe de l'état de nos mœurs que la possibilité d'un mal soit toujours considérée comme la certitude que ce mal existe.

J'avais remarqué, l'année précédente, que M. Alfénor faisait beaucoup d'attention à Suzanne. En entrant, je le vis penché vers elle et lui parlant avec animation ; la petite était calme et avait sur les lèvres un demi-sourire. Il fut un peu confus en m'apercevant, mais se remit aussitôt, et continua la conversation en reprenant ce qu'il venait de raconter à Suzanne.

C'était un complot contre l'admission de cette pauvre enfant comme institutrice.

On voulait écrire au recteur et à tous les membres du conseil d'examen des lettres anonymes. Le curé allait faire dans le même but un voyage au chef-lieu du département, et l'on devait présenter le choix d'une pareille institutrice comme devant causer un scandale à la Roche-Néré.

— Un scandale! m'écriai-je; et que peut-on dire contre elle?

— On l'accuse d'avoir été élevée dans l'irréligion et sous l'influence d'idées subversives de l'ordre social. Cela a trait sans doute à votre indépendance d'esprit, madame, et aux opinions démocratiques bien connues de M. Vaillant. Puis il paraît que mademoiselle Suzanne, quand elle allait à l'école chez les sœurs, a manifesté plusieurs fois des tendances irréligieuses.

Suzanne éclata de rire.

— Oui! je n'ai pas voulu des images de

la Salette, c'est vrai, et je n'ai pas pris le scapulaire comme les autres. Ah! et puis, je me rappelle, un jour... Elles m'ont pourtant assez punie pour cela... C'est dans l'histoire sainte, quand les filles madianites...

Un peu embarrassée, elle se leva pour aller chercher son livre.

— Voilà, dit-elle, en abritant du texte sa pudeur froissée.

« *Demande :* Qu'ordonna Dieu quand les
« Israélites se furent laissés séduire par les
« filles madianites que Balec avaient en-
« voyées? — *Réponse :* Il ordonna qu'on mît
« à mort les principaux coupables. Le peuple
« en fit mourir vingt-quatre mille. Phinées,
« lévite et petit-fils d'Aaron, signala son zèle
« en perçant d'un même coup d'épée un
« Israélite et une Madianite. Cette action gé-
« néreuse fut si agréable à Dieu, qu'en ré-
« compense il promit la grande sacrificature
« à Phinées. »

— Je n'avais que dix ans alors, reprit Suzanne, mais enfin ça me fit mal d'entendre dire qu'un meurtre était une action généreuse, et que Dieu en avait été si content. Je me rappelle que je fermai le livre très-fort en m'écriant : « C'est très-mal, cela! » La sœur Sainte-Angèle m'ayant demandé ce que j'avais, je le lui dis; et comme, en même temps, j'osai prétendre que le Dieu des Juifs ne pouvait pas être le même que le bon Dieu, elle se fâcha, leva les mains au ciel en s'écriant que j'étais possédée du démon, fit mettre toutes les élèves à genoux, la face contre terre et leurs doigts dans les oreilles, et, me frappant rudement, me poussa dans l'escalier de la cave, où il faisait humide et froid. J'y restai toute la journée, et le lendemain je toussais si fort que ma mère me garda huit jours chez nous. Aussi ne fus-je pas fâchée de tout cela.

M. Alfénor rit beaucoup de cette histoire, et plaisanta fort agréablement sur le mérite qu'il y avait à embrocher d'un coup le plus d'hérétiques possible.

— Enfin, comment avez-vous appris ces projets contre Suzanne? demandai-je.

— Ma foi! du curé, qui me les a confiés sous le secret; mais je l'ai laissé dire, et, comme je n'ai rien promis... Vous connaissant, et connaissant mademoiselle, vous comprenez, cela m'a révolté, et je n'ai pas voulu m'en rendre complice par mon silence. Il faut, madame, vous assurer des protecteurs dans la commission d'examen, afin de combattre ces intrigues, et, si vous le désirez, je connais assez le proviseur du collége...

— M. Vaillant le connaît aussi, dis-je en interrompant sa roue. Mais qui a pu savoir que Suzanne voulait être institutrice?

— Il paraît que cela vient de madame Houspivolon, me répondit-il. Comment l'a-t-elle appris elle-même? C'est ce que j'ignore.

De ce jour, M. Alfénor, devenu notre

allié, vint souvent chez nous. Le bourgeois désœuvré, à la campagne, est un être qui volontiers se laisse aller sur les épaules d'autrui. De là des liaisons souvent aussi passagères qu'intimes. On se voit si facilement et si fréquemment que l'on s'épuise vite. Quelque heurt survient; l'ennui aidant, on se brouille et l'on passe à d'autres liaisons. M. Alfénor toutefois ne se serait pas ennuyé chez nous, si Suzanne avait bien voulu se charger de le distraire; — mais cela viendra plus tard.

Nous en étions là. Les visites fréquentes de M. Alfénor ne m'étaient point agréables; mais je ne savais comment les empêcher, — n'ayant pas le droit de fermer ma porte, comme on ferait à la ville, — quand je reçus une lettre de mon fils.

Puisque lui seul fut coupable, c'est à lui d'être accusé, et, pour justifier Suzanne, j'aurai le courage, madame, de l'accuser devant vous, comme je l'ai fait devant d'autres, qui ont feint de ne pas me croire.

On devrait ajouter foi pourtant aux paroles d'une mère qui accuse son fils.

Alphonse avait perdu trois cents francs au jeu. Il me les demandait sur-le-champ, et ses instances avaient un accent désespéré qui me terrifia. Il me suppliait aussi de n'en point parler à son père, et je m'en serais gardée, sachant combien mon mari serait affligé de cette faute et combien elle l'irriterait.

Mais j'étais fort embarrassée. Tout au plus pouvais-je distraire cinquante francs sans que mon mari s'aperçût de ce vide dans notre bourse, et c'était immédiatement qu'il fallait envoyer. Je songeai à mes bijoux; mais il n'y a point d'orfévre à la Roche-Néré; je me vis donc obligée de recourir à M. Alfénor, qui devait être indulgent pour de semblables folies, et qui passe pour avoir toujours des billets de banque dans son secrétaire. Alphonse lui-même m'engageait à m'adresser à lui.

Cependant il me répugnait d'emprunter

cet argent sans donner quelque gage. Suzanne, la première, eut l'idée d'offrir à M. Granger ma chaîne de montre, qui a coûté quatre cents francs. Je lui avais promis ce bijou pour ses noces, et ce fut elle-même, la pauvre enfant, qui voulut le sacrifier.

J'étais presque malade d'émotion et de chagrin; mais, comme il n'y avait pas de temps à perdre, je me disposais à me rendre chez M. Granger quand madame Houspivolon entra. Quel contre-temps! Les visites de cette femme ne duraient jamais moins de deux heures; le facteur de la poste aurait quitté la Roche-Néré avant que j'eusse parlé à M. Alfénor, ou du moins que mon envoi pût être prêt.

La renvoyer sous un prétexte, c'était lui livrer mon secret et la réputation de mon fils, ou déchaîner contre nous, grâce à elle, les langues de tout le pays, commentant les plus étranges suppositions. Je jetais à Suzanne un regard désespéré quand je la vis mettre furtivement dans sa poche la petite boîte contenant la chaîne d'or, me faire un signe et s'éclipser. Elle se rendait à ma place chez M. Alfénor.

Il n'y avait là rien que de fort simple ; les commissions de la maison étaient à sa charge habituellement. Toutefois, un instinct secret me fit regretter cette démarche, et je voulus rappeler Suzanne ; mais la mine curieuse de madame Houspivolon, qui déjà flairait un mystère, m'arrêta. J'étais cependant bien loin de prévoir les cruelles conséquences de cet incident.

Suzanne trouva M. Alfénor dans son jardin, lisant le journal sous son kiosque. Elle alla jusque-là, ne voulant parler qu'à lui ; sa commission n'était-elle pas un mystère? Comme toujours, il fut galant, et ce jour-là plus que d'habitude. Il protesta qu'il ne ferait rien à moins d'un baiser. Suzanne refusa d'abord ; mais comme il menaçait en riant de le lui prendre, n'osant le repousser trop vivement, ni se fâcher avec lui, et comme enfin un baiser à la campagne ne tire point à conséquence, elle se laissa embrasser. Il promit de me porter les trois cents francs dans une heure, mais ne voulut point accepter la chaîne, et il y eut entre eux un débat à ce sujet, en fin duquel Suzanne fut obligée de la reprendre.

Ils n'avaient vu personne et se croyaient seuls; mais, à la Roche-Néré, il y a des yeux partout. On n'entendit pas ce qu'ils disaient, mais on vit M. Alfénor embrasser Suzanne; on vit celle-ci recevoir une chaîne d'or. Tel fut le point de départ des calomnies qu'on a répandues contre cette chaste enfant. J'en suis encore à me demander comment on a osé élever de la boue jusqu'à ce front si pur.

Comment tout ce rayonnement de pureté qui émane d'elle n'a-t-il pas forcé au respect ses détracteurs ? Peut-être ces choses-là ne sont-elles pas visibles pour qui n'en a rien en soi ? Mais enfin cette jeune fille, née d'une famille honnête, s'est élevée dans le pays sous les yeux de tous, et jamais, jusqu'à ce jour, aucune indélicatesse ne lui avait été reprochée. De quelle nature sont ces âmes qui croient au mal si facilement?

Il y a toujours pour un acte plusieurs interprétations possibles. D'où vient que certaines gens ne doutent jamais que la plus mauvaise soit la plus vraie? Ah! tenez, madame, l'indignation de ces gens-là n'est qu'une comédie. Au fond, regardez-les bien : ils frémissent de joie quand le mal ou son ombre se présente à eux; c'est de l'amour qu'ils ont pour lui.

Le jour de l'examen approchait. C'était dans la première semaine d'août; nous étions à la fin de juillet. Malgré les instances de Jacques, j'avais décidé que le mariage n'aurait lieu qu'après que Suzanne aurait obtenu son brevet d'institutrice. Notre secret étant devenu secret de comédie, nous ne nous gênions plus. Nos jeunes gens se voyaient tous les jours et sans mystère. Mais nous en étions toujours à deviner qui avait pu nous trahir.

Un jeudi, vers deux heures de l'après-midi, nous étions tous au jardin. Mon mari, qui ce jour-là par exception n'avait pas de malade à visiter, assis à l'ombre d'un figuier, un livre à la main, me regardait émonder nos rosiers près de la maison. Un vent frais tempérait la chaleur ; les feuilles agitées produisaient mille jeux d'ombre et de lumière ; c'était une belle journée. Nos amoureux, s'écartant de nous, sous prétexte de repasser la syntaxe, ne s'étaient arrêtés qu'à l'endroit le plus reculé du jardin, au banc des rosiers, le long du vieux mur de l'ancien château. Là, sans plus craindre les paternelles railleries de M. Vaillant, ils s'étaient assis tout près l'un de l'autre, se regardant à l'aise et se serrant les mains.

Voici leur conversation telle que Suzanne me l'a racontée :

Jacques se plaignait de tracasseries nouvelles. C'était à sa moustache qu'on en voulait maintenant, et le curé faisait valoir contre cet ornement donné par la nature une circulaire du recteur qui recommandait « de ne rien porter d'inconvenant ou de singulier ; et de ne laisser croître ni ses cheveux ni sa barbe. »

Jacques avait eu le tort aussi de ne point assister aux vêpres le dimanche précédent, ayant mal à la tête et sentant le besoin de prendre l'air, après deux heures passées à la messe et au sermon. Le curé l'avait aigrement repris de cette absence, l'assurant qu'une bonne prière à Marie ou à saint Joseph eût dissipé son mal mieux que l'air des champs, et que, dans tous les cas, souffrir pour Dieu était œuvre méritoire.

— Voyez-vous, Suzanne, disait le pauvre garçon, je ne voulais pas être soldat à cause de la discipline qui me semblait trop dure; mais, depuis que je suis sous la férule de ce prêtre et de la coterie qui l'entoure, je me sens bien plus malheureux. A l'armée, la discipline est la même pour tous, c'est une loi qui parle ; ici je suis le jouet d'imbéciles et de méchants.

— Eh bien ! dit Suzanne assez hypocritement, si vous regrettez l'état militaire, il faut vous engager, mon ami.

— Tu le veux?... demanda Jacques en hochant doucement la tête et en la regardant avec amour.

En souriant, rougissante, elle fit signe que non. Ils se parlaient à voix basse, et qui les eût écoutés d'un peu loin depuis un moment n'eût rien entendu. Tout à coup une grosse pierre, se détachant d'en haut, vint frapper le banc, et un bruit sourd, mais profond, se fit entendre.

Plus prompt que l'éboulement, Jacques avait emporté Suzanne; mais ils se retournèrent, saisis d'une nouvelle frayeur; car, au milieu du mugissement des pierres croulantes, un cri humain avait retenti, si perçant qu'il était arrivé jusqu'à nous. Mon mari et moi nous accourûmes, et, quand le nuage de poussière se fut dissipé, nous vîmes tous ensemble, au-dessous d'une large trouée pratiquée dans le mur, à la hauteur d'environ trente pieds, madame Houspivolon, hurlante, échevelée, à cheval sur un tronc de lierre, et s'accrochant autour d'elle, avec terreur, aux feuilles et aux rameaux qui cédaient sous sa main.

Ce fut d'abord une stupéfaction profonde, puis, je l'avoue, un fol éclat de rire. La punition était si bien méritée que cette espionne, prise à son propre piége, ne nous inspirait aucune commisération. Nous nous rappelâmes alors qu'il existait au haut de la muraille une meurtrière que le lierre avait recouverte. C'était là que, juchée sans doute sur une échelle, elle se plaçait pour écouter ce que nous disions, quand nous nous croyions seuls, dans l'intimité de notre mutuelle confiance. Depuis deux mois, nous venions étudier sur ce banc, Suzanne et moi, et nous avions passé là toutes les plus belles heures des jours du printemps. Aussi, ne nous fîmes-nous faute d'exprimer notre indignation, tandis que, par les adjurations les plus pathétiques et les plus humbles, madame Houspivolon nous priait de venir à son secours.

Comme elle se trouvait environ à vingt pieds du sol, une échelle était nécessaire. Jacques l'alla chercher, mais à pas comptés, je dois l'avouer. La branche était solide, et le châtiment si juste! Pendant ce temps, Suzanne, la méchante enfant, quoique au dedans animée d'une épouvantable colère, faisait semblant de ne pouvoir contenir ses rires, dont les éclats allaient sangler la misérable espionne sur son pilori.

M. Vaillant, de son côté, faisait le rôle du maître d'école en demandant gravement à madame Houspivolon comment et pourquoi elle se trouvait là.

— J'étais venue pour attraper un de mes lapins, dit-elle.

— Quoi! vos lapins grimpent aux murailles? répliqua mon mari au milieu des nouveaux rires que cette réponse excita.

— Vous savez bien que le terrain est plus haut de notre côté.

— Oui, de dix pieds, mais non pas de trente. Et tenez, je vois là-haut, par l'ouverture de l'éboulement, un des montants de l'échelle qui vous servait à espionner de braves gens, dont certes vous êtes incapable, madame Houspivolon, de comprendre les paroles.

La coupable baissa la tête, et, ne sachant que dire, se remit à s'agiter en criant qu'on la délivrât.

— Doucement, reprit mon mari, doucement, que diable! vous nous montrez déjà l'extrême finesse de vos jambes, et c'est bien assez. Puis, à force de remuer, vous pourriez provoquer un nouvel éboulement. Tenez-vous tranquille.

Jacques s'était fait aider d'un voisin pour porter l'échelle.

L'esclandre fut public.

Cette femme a naturellement contre nous la rage dans le cœur; et cependant c'est à son mari, c'est aux personnes qu'elle fréquente et qui la soutiennent, qu'on s'est adressé pour avoir des renseignements, dans l'enquête dirigée tout récemment contre Jacques.

Peu de jours après, l'inspecteur arriva à la Roche-Néré et se présenta à l'improviste dans la classe de Jacques. Je sais qu'à la rigueur le maire n'était pas obligé d'avertir l'instituteur; mais c'est l'usage. Or, cette fois, Jean Toussot, le prête-nom de la coterie, avait gardé le silence. Heureusement tout était dans l'ordre, et le vieux Galéron seul eut la mortification d'être surpris faisant le ménage dans l'appareil le moins militaire possible, son casque à mèche en tête, sa robe de chambre retroussée dans ses poches, et un balai à la main.

L'inspecteur ne trouva donc rien à dire. Il fut même satisfait des réponses des enfants, qui la plupart, chose rare, comprenaient ce qu'on leur avait appris. Mais il avait causé avec le curé avant d'entrer dans l'école, et, prenant Jacques à part avant de se retirer, il lui dit qu'il avait des conseils à lui donner dans son intérêt.

— Vous pratiquez bien comme instituteur, ajouta-t-il, et vous paraissez intelligent ; mais vous êtes trop porté vers les idées nouvelles ; cela est mauvais et dangereux pour un homme de votre état et pourrait nuire à votre avancement, comme aux gratifications que vous auriez pu obtenir par une conduite meilleure.

Jacques objecta qu'il ne pouvait se défendre contre des accusations aussi vagues, et pria l'inspecteur de préciser ses reproches.

— Vous fréquentez, reprit celui-ci, des personnes infectées d'opinions démagogiques; ces personnes reçoivent *le Siècle* et vous le lisez. On a même trouvé chez vous cette feuille ennemie de l'ordre et de la religion, tandis que vous avez refusé une feuille sage et bien pensante que vous offrait M. le curé!

— Quoi! monsieur, le *Journal des villes et des campagnes*, une des feuilles les plus cléricales et au fond les plus ennemies de l'état de choses actuel?

— Vous croyez? murmura le fonctionnaire. Eh bien! ce qu'il y a de plus simple, c'est que vous n'avez pas besoin de lire les journaux; la politique n'est pas votre affaire.

— Je suis citoyen, dit Jacques doucement.

— Eh! monsieur, l'on m'avait bien dit que vous étiez raisonneur. Cela ne vaut rien pour votre état. Moi, votre supérieur, j'obéis au recteur de l'Académie, qui obéit à bien d'autres! Vous ne ferez ainsi que vous nuire, sans pouvoir rien réformer. Enfin, si les lectures que vous offre un ministre du Seigneur ne vous conviennent pas, tenez-vous-en à vos livres d'école, et prenez garde surtout au choix de vos relations.

— Les personnes que vous accusez de démagogie, dit Jacques, sont tout simplement des gens instruits, qui ont l'esprit large et tolérant. Je dois les considérer comme étant de ma famille, puisqu'ils servent de père et de mère à ma fiancée.

— Votre fiancée! Vous faites bien de m'en parler; car, sans vouloir vous faire de la peine, j'ai encore un bon conseil à vous donner là-dessus. Nous ne pouvons pas nous mêler de vos mariages, mais il est de notre devoir de vous éclairer quand vous ne faites pas un choix convenable. Un instituteur doit l'exemple dans son ménage comme au dehors; il lui faut donc une compagne sérieuse, et non pas une fille coquette et légère, qui a déjà gravement compromis sa réputation.

— Monsieur, monsieur, s'écria Jacques, livide et tremblant, il faut être insensé pour parler ainsi de Suzanne ! Quel est le misérable qui vous a dit cette lâcheté-là ?

— Monsieur, je ne reçois mes renseignements que de gens très-honorables, répliqua l'inspecteur en se retirant. Tâchez de vous calmer et de réfléchir.

Le pauvre garçon nous a dit depuis s'être senti comme foudroyé par l'effort qu'il avait dû faire pour se contenir et pour ne pas aller étrangler le curé, qui, à la distance de quelques pas, les regardait, un mauvais sourire aux lèvres. En effet, bientôt après, Jacques se mit au lit, et, dès le soir, mon mari reconnut les symptômes d'une fièvre cérébrale.

Ce même jour, Suzanne, en se rendant à la ferme, chez sa mère, avait rencontré la plus jeune des petites Pigeon, Henriette, occupée à cueillir des fleurs dans les prés. Ces petites, autrefois, traitaient Suzanne avec amitié; mais, depuis quelque temps, elles passaient à côté d'elle, les yeux baissés, murmurant à peine un bonjour. Henriette, d'abord, fit de même, et laissa passer Suzanne; mais ensuite elle se mit à courir en avant d'elle, et, traçant comme un papillon des zigzags le long du sentier, tout en se baissant et se relevant pour happer quelque marguerite :

— Vois-tu, Suzanne, lui dit-elle, je ne te parle plus parce qu'on me le défend.

— On vous le défend! Qui donc?

— Maman et ma tante Prudence.

— Et pourquoi cela, Henriette?

— Oh! ma chère, c'est qu'on dit bien des choses de toi. Il paraît que tu as des amoureux. Je croyais que c'était permis, moi, quand on est grande; mais ces dames trouvent que c'est mal d'en avoir plus d'un.

— Je n'en ai qu'un.

— Eh bien! ma chère, on assure que tu en as deux : M. Alfénor et M. Jacques.

Suzanne rentrait, le cœur gros de colère et d'indignation, quand elle trouva son fiancé dangereusement malade, et frappé des mêmes mains, et par les mêmes coups.

Je vis dans son œil noir un éclair de haine ; mais elle se contint et ne voulut s'occuper que de Jacques. Il me fut impossible d'empêcher qu'elle s'établît auprès de lui.

— Maman, disait-elle, vous ne m'ôterez pas de l'idée que mes soins lui font plus de bien que ceux des autres. Pensez-vous que, pour plaire à ses ennemis, je veuille le laisser mourir ? Ils ne diront pas de moi plus de mal qu'ils n'en ont dit ; et d'ailleurs c'est une honte qu'on n'ait pas en ce pays le droit de soigner un homme qu'on aime et avec qui l'on veut se marier. Ces convenances-là, maman, ne sont pas de vraies convenances, et je ne sais pas d'où elles viennent; mais, à coup sûr, de quelque chose de mal.

Il est certain que sa présence faisait à Jacques beaucoup de bien, et mon mari constata plusieurs fois que, pendant les courtes absences de Suzanne, la fièvre augmentait, tandis que, sous la tiède pression des mains de la jeune fille, la peau du malade devenait moins sèche et son pouls se ralentissait. Un mieux réel se produisit enfin au bout de huit jours, et ce nous fut un grand soulagement; car notre angoisse était double : nous n'étions plus qu'à deux jours de l'examen; il fallait partir ou abandonner le terrain à nos ennemis. Suzanne se décida.

— Jacques, dit-elle en prenant la main de son fiancé, je vais là-bas travailler à notre mariage; toi, promets-moi de lutter ici contre la maladie, afin qu'elle ne te reprenne pas quand je ne serai plus là.

Avec un pâle sourire, il promit, et nous partîmes.

Jusqu'alors, en pensant au jour de l'examen, Suzanne avait tremblé de peur, et sa timidité me rendait fort inquiète. Maintenant, elle ne semblait pas douter du succès; je la vis avec étonnement promener son regard sérieux et calme sur le jury qui allait l'interroger. Elle se présenta avec un sang-froid modeste et ses réponses furent parfaites. Un des examinateurs, évidemment prévenu contre elle, chercha vainement à l'embarrasser; par son savoir et sa simplicité, elle déjoua tout. On l'applaudit et on la félicita. Ce fut un triomphe.

En rentrant dans notre chambre, elle se jeta dans mes bras et fondit en larmes.

— Ah! maman, qu'il va être heureux! je veux qu'il le soit. Votre Suzanne à présent n'est plus une petite sotte. Me voilà femme, et je me sens forte contre les méchants.

Toutes les épreuves terminées, nous revînmes en hâte. Jacques avait tenu parole, il était convalescent. La nouvelle du succès de Suzanne nous avait précédées, et la coterie était consternée.

Elle ne se tint pas pour battue cependant, et nous le vîmes bien. Le mariage devait avoir lieu au mois de septembre; mais tout à coup les parents de Suzanne, bien disposés jusqu'alors, refusèrent leur consentement. C'était la grand'mère, une vieille dévote, qui leur avait ainsi brouillé l'esprit. Remontrances, pleurs et supplications furent inutiles.

Nous ne désespérâmes pas toutefois de les fléchir ; mon mari avait de l'influence sur le père Meslin ; mais le temps se passait ; l'année scolaire commençait avec le mois d'octobre. Si l'école de Suzanne n'était pas ouverte au plus tard au mois de novembre, époque réelle de la rentrée des enfants à la campagne, elle perdait l'année entière. C'était bien ce qu'on voulait. Elle ouvrit son école chez nous, sans attendre son mariage, et plusieurs parents, mécontents des sœurs, lui donnèrent leurs filles.

On trouva ces petites-là si heureuses et si bien tenues, que des défections eurent lieu dans l'école des sœurs, où la rage fut à son comble.

Je n'ai pas l'intention, madame, croyez-le bien, d'insulter ces religieuses. Elles croient servir le bien, et le servent de toute leur âme, — avec les passions qu'elle renferme; la nature même les y force à leur insu. — Un de leurs premiers dogmes étant de croire au mal, et comme principe et comme incarnation, leur devoir doit être de le poursuivre à outrance, et leur défaut de le voir partout.

Ce pauvre monde, si anathématisé par l'esprit chrétien, ce monde dont le besoin et le goût de vivre sont si opposés à cette religion de la mort, qui ne cherche la vie qu'au delà de la tombe, ce monde n'est, ne peut être pour elles qu'un adversaire et un ennemi.

Relisez les *Pensées* du père Bouhours et tant d'autres thèmes semblables : le monde est l'ennemi du christianisme. N'est-il pas rigoureusement logique, d'après cela, d'ajouter que le christianisme est l'ennemi du monde? Et n'avons-nous pas droit de nous plaindre d'être livrés, pieds et poings liés, à notre ennemi?

L'esprit de fraternité, sans doute, est dans l'Évangile ; mais il n'est que là. L'inspiration de Jésus, tout insuffisante qu'elle soit, fut assurément large, élevée, sublime; mais ses continuateurs l'ont perdue. Et de même qu'aux yeux des docteurs chrétiens les pauvres sont créés pour le salut des riches, de même, pour les chrétiens zélés, le monde, la vie n'est que le terrain nécessaire sur lequel pose et travaille le petit nombre des élus.

De quelle bouche d'ailleurs, de quelle inspiration vinrent ces calomnies qui nous frappaient sans relâche? Je ne le sais et ne le cherche point. Elles sont venues d'un parti, notre adversaire naturel, et que j'accuse seul. Chaque jour nous atteignaient au vif de nouveaux traits, toujours plus empoisonnés.

Depuis l'opposition des parents de Suzanne, j'avais cependant obligé nos amoureux à se voir plus rarement. Ne trouvant pas à s'exercer sur des visites de jour, la malignité supposa des visites de nuit, et le maire, poussé par la coterie, fit ébrancher le platane de l'école qui s'étendait au delà de notre mur, parce qu'on soupçonnait que les branches de cet arbre pouvaient servir à des escalades nocturnes. A la campagne tout se dit; nous pûmes entendre les quolibets des bûcherons chargés de l'ouvrage. Quelle lâcheté de s'en prendre ainsi à la réputation d'une femme, cible toujours atteinte, glace ternie par la moindre haleine! Mais cette fois, à force de méchanceté, ils nous servirent.

— Votre fille, maintenant, ne peut épouser que l'instituteur, dit mon mari au père Meslin, qui fut vaincu par cet argument.

Le mariage eut lieu en décembre.

Quelques jours auparavant, Suzanne, qui pour son billet de confession répugnait trop à s'adresser au curé Babillot, profita d'une réunion de prêtres à la Roche-Néré pour s'adresser au curé d'une paroisse voisine.

Elle attendait dans l'église, quand la sœur Sainte-Angèle entra et vint s'agenouiller près de l'autel.

D'abord la *chère sœur*, comme l'appellent les petites filles, qui tremblent à sa voix, se contenta de prier avec ferveur et en poussant de profonds soupirs; puis, comme si elle venait de prendre une résolution, elle se leva, et s'approchant de Suzanne :

— Vous êtes venue pour vous confesser? lui demanda-t-elle de sa voix creuse.

— Oui, madame.

— Vous osez vous approcher des sacrements dans un but coupable! Vous vous damnez, ma fille, pensez-y bien. Dieu vous parle en ce moment par ma voix; c'est lui qui m'a poussée à venir vous adresser ces remontrances. Offrez votre cœur en sacrifice, ne songez qu'à l'amour de Dieu et rompez ce mariage impie.

— Et qu'a-t-il d'impie, madame, s'il vous plaît? demanda la jeune fille, qui ne savait trop si elle devait rire ou se fâcher.

— Ce qu'il a? ce qu'il a? répéta la religieuse embarrassée; eh bien! pourquoi ne dirais-je pas la vérité? Vous avez choisi la science mondaine, renouvelant ainsi la faute de notre mère Ève, et, comme elle, vous serez maudite, et le fruit de l'arbre de science donnera la mort à votre âme. Il n'y a que deux voies : celle de notre doux sauveur Jésus et celle du monde. Vous avez pris la mauvaise, malheur à vous!

— Ainsi, madame, un instituteur est pour vous un réprouvé?

— Il est l'instrument du mal, il est le chemin de l'irréligion. C'est à l'Église seule à donner la science; elle seule connaît la juste mesure que l'esprit humain en peut recevoir. Je vous le dis, ma fille, vous suivez le mauvais chemin; vous dressez votre autel contre l'autel de Dieu. Priez, demandez la grâce : elle vous donnera la force de renoncer à vous-même et au péché de votre cœur.

Elle s'éloigna d'un pas sec et austère, et

Suzanne suivait des yeux cette longue forme noire et les ondulations brisées du voile noir sur le béguin blanc. Le soir, en me racontant cela :

— Maman, me disait-elle, il m'a semblé voir le moyen âge en chair et en os. Mais cette femme est sincère, et c'est peut-être une des meilleures de tout ce monde-là. Maman, savez-vous? me voilà toute fière si je pouvais aider nos paysans à sortir de tout ce passé de mauvais rêves et de folles peurs. Si je pouvais leur faire aimer Dieu plutôt que le craindre !

— Ma fille, lui dis-je, ne le fais jamais parler; ce sera déjà une belle et bonne œuvre.

Ils étaient donc mariés, et s'aimaient si profondément, avec une joie si pure et si vraie, que cet amour, à le voir seulement, rafraîchissait le cœur. Il sembla que leurs ennemis eux-mêmes respectaient leur bonheur; du moins on les laissa tranquilles pendant quelques mois.

Leurs deux écoles étaient pleines; toute allocation, il est vrai, avait été refusée à l'institutrice par le conseil municipal; mais, sobres et économes, ils prospéraient. Un bon jardin, cultivé le soir par Jacques, et que le vieux Galéron sarclait, peignait, ratissait comme un jardin de grande ville, une chèvre, un porc, des poules, tout ce petit avoir de la campagne qui de lui-même vient remplir le pot-au-feu, tout cela les mettait à l'aise.

Les enfants n'étaient point encore venus, mais ils s'annonçaient; Suzanne éprouvait ces indispositions soudaines et passagères, ces subites pâleurs qui avertissent les jeunes femmes qu'une nouvelle vie s'agite en elles. Mais la fraîcheur et le coloris revenaient presque aussitôt; encore embellie par le bonheur, elle souriait comme on respire. — Hélas! elle a bien changé.

Non-seulement, dans les premiers temps, on ne les tourmenta plus, mais on leur fit des avances. On les attira malgré eux à quelques dîners, à quelques soirées, où l'on s'occupa d'eux plus qu'ils n'eussent voulu.

— Par sa position d'institutrice et de femme de l'instituteur, Suzanne est maintenant une des nôtres, me disait en se rengorgeant madame Bonafort.

Et l'on allait chez eux voisiner et fureter, troublant leur doux tête-à-tête. Était-ce pour les mieux trahir? Je l'ignore.

Au fond de tous ces empressements capricieux, il y a ce besoin d'autrui que nous avons tous, qui, chez les esprits oisifs et vulgaires, se change en curiosité avide et malsaine. Il n'y eut pas jusqu'à madame Houspivolon qui ne voulût, au désespoir de Suzanne, se raccommoder avec eux. Mais, vis-à-vis de nous, ses tentatives échouèrent.

— J'aime mieux l'avoir pour ennemie, dit mon mari : c'est plus sûr.

Au mois d'avril a lieu la ballade de Champeaux, qui est une fête pour tout le pays environnant. Champeaux est un village à trois lieues de la Roche-Néré. Ce jour-là, quand l'école serait ouverte, il n'y viendrait point d'enfants, c'est donc jour de congé ; le jeudi le remplace. Jacques et Suzanne, dont l'admiration est fort jeune encore, se firent un plaisir d'aller à Champeaux pour voir les étalages des marchands, les chevaux de bois, les oripeaux de toute sorte qui s'y étalent, et les pompes des charlatans.

La bourgeoisie de la Roche-Néré, aussi bien que celle des autres bourgs, court à ces fêtes champêtres, et Suzanne se trouva entassée dans un char à bancs avec mesdames Bonafort et Houspivolon, et trois ou quatre paysannes. Jacques suivait à pied la voiture, qu'il rattrapait dans les montées ou dans les mauvais passages, si par hasard quelque chemin sans trous et sans ornières engageait le conducteur à mettre sa bête au trot. C'était au commencement de la grossesse de Suzanne; bientôt les cahots la fatiguèrent, et elle se sentit si mal qu'elle voulut descendre.

On arrêta. C'était à moitié chemin; il n'était pas plus difficile d'aller à Champeaux que de retourner à la Roche-Néré. Suzanne tenait à voir la fête; elle essaya donc de marcher à côté de son mari, mais fut bien vite fatiguée. C'était en plein midi; le soleil était ardent; on avait à monter de longs coteaux; la jeune femme, n'en pouvant plus, s'assit bientôt sur un tertre en face de Jacques tout déconcerté.

Comme ils avaient pris par un sentier qui coupait tout droit, ils se trouvaient un peu en avant du char à bancs; mais celui-ci les atteignit bientôt. On engagea Suzanne à remonter; elle n'en voulait rien faire de peur de se blesser, mais se gardait de dire ses raisons. Le débat, composé des exclamations et des discours des six ou sept personnes qui parlaient toutes à la fois, n'était pas près de finir, quand, apercevant le cabriolet de M. Alfénor, qui accourait légèrement derrière eux, le conducteur s'écria :

— Ma foi! voilà votre affaire. M. Alfénor

est seul; sa voiture est douce qu'on ne la sent pas; il vous donnera une place.

— Ça se trouve on ne peut mieux, dit madame Houspivolon en regardant madame Bonafort.

Suzanne refusa d'abord, et eût bien préféré de rester sur le chemin; cependant la situation était si embarrassante, et il était si difficile de donner une raison plausible pour un refus, qu'en voyant Jacques lui-même joindre ses instances à celles de M. Alfénor et de tous les autres, elle céda, quoique à regret. Le cabriolet, fort étroit, ne contient que deux personnes.

Il paraît que lorsque Jacques ne fut plus à portée d'entendre, madame Bonafort dit, en suivant des yeux le léger véhicule qui fuyait devant eux :

— Voilà un mari bien complaisant!

— Trop complaisant ou trop niais, répondit madame Houspivolon... Et ne trouvez-vous pas, ma chère, qu'on dirait un fait exprès?

— C'est ce que je pensais, répliqua l'autre.

Certes, les intentions de M. Alfénor n'étaient pas bonnes, et Suzanne s'en doutait, à le voir tourner autour d'elle comme il faisait depuis son mariage. Aussi était-elle contrainte et sérieuse. Il s'en aperçut, et pour ménager le retour sans doute, il se borna à quelques compliments et fit l'aimable et le bon garçon.

Le soir, en revanche, il fut plus hardi; mais Suzanne le traita si sévèrement, avec tant d'indignation, qu'il perdit tout espoir et fit des menaces. Il a passé en effet dans le camp de nos ennemis. Quelle preuve plus évidente de l'innocence de Suzanne!

Mais tenez, madame, ce qu'il y a de plus irritant, c'est que cette innocence même doive être discutée ; c'est que la pureté d'une chaste enfant soit souillée, par cela seul qu'elle vit à côté de vieilles et sales imaginations; c'est que tout ce que nous avons de beau et de grand en ce monde soit abaissé par le mal jusqu'à son niveau, et se flétrisse en réalité, au contact répété des soupçons bas, des précautions viles, de tout cet odieux système préventif qui traite la nature humaine en coupable et le vice en maître.

Ces accusations, je le sais, madame, ont été portées jusqu'à M. le recteur, et voilà pourquoi je vous dis tout en si grand détail. Cette aventure et la scène du jardin que je vous ai rapportée, voilà sur quoi se fondent ces imputations d'une conduite coupable, de mauvais exemples, donnés par l'institutrice de la Roche-Néré. Mais qu'y a-t-il autre chose dans tout cela que des interprétations méchantes? A ce compte, existe-t-il une seule femme qui, par le simple concours des circonstances les plus ordinaires, ne puisse donner pareille prise au soupçon?

Les hostilités commencèrent à l'occasion d'un livre que le curé voulut introduire dans l'école, à la place de la *morale pratique*, recueil de traits d'héroïsme, de délicatesse ou de bonté, ouvrage autorisé, que Jacques avait choisi pour livre de lecture des grands.

— Vous ne vous plaindrez pas, dit M. Babillot, en manière d'introduction ; je vous apporte l'ouvrage d'un professeur de philosophie.

— Je préfère conserver le livre actuel, répondit Jacques. Rien n'est plus propre à élever l'âme des enfants que de belles actions bien vraies, qui ont été faites et non pas rêvées. Cela vaut mieux que tous les préceptes. L'enfant sent et comprend tout à la fois ; c'est sa propre émotion qui le persuade.

— Eh bien! vous alternerez. Je tiens à mon *Petit-Jean*. Voyez, c'est autorisé par le conseil de l'instruction publique, et muni d'excellentes approbations des évêques de Rennes et de Poitiers. Ah! si tous les professeurs de philosophie en faisaient autant!

Jacques lut le livre, qui ne lui plut pas. Il trouva singulier qu'un professeur de philosophie écrivît ceci :

« Lorsque Dieu, pour nous punir, ou nous éprouver, nous envoie une grande pluie au milieu de la moisson... »

Et ceci encore : « Quant au diable, il est vrai qu'il nous tente et qu'il tâche souvent de nous faire faire le mal, mais... Dieu ne lui permet pas de se montrer à nos yeux. »

Quel dommage!

Il crut un instant à quelque malice du professeur de philosophie, quand il le vit raconter l'histoire des QUARANTE-DEUX enfants mangés par UN ours pour avoir insulté le prophète Elisée, et celle de Tobie devenu aveugle parce qu'une fiente d'hirondelle était tombée sur ses yeux fermés.

Mais quand il eut pris connaissance du chapitre intitulé : *Vous aurez toujours des pauvres*, et de cette histoire d'un enfant impie, frappé d'un coup de tonnerre pour s'être moqué de deux autres qui faisaient leur prière pendant l'orage, et que leur piété sauva ; quand il eut vu Petit-Jean, le héros du livre, sauter du haut d'une maison dans un incendie, et arriver en bas sans aucun mal, parce qu'il avait fait le signe de la croix, il dit :

— Je n'aime pas ce monsieur-là.

Et il mit le livre de côté.

Ça ne fit pas l'affaire du curé Babillot, qui tenait à son professeur de philosophie. Il revint à la charge. Jacques d'abord éluda; mais, à la fin, impatienté, il déclara qu'il tenait à son livre de lecture, et que, lorsqu'il serait achevé, on verrait après.

Le curé trouva que son autorité était méconnue et se fâcha en termes de maître qui blessèrent Jacques au vif dans sa dignité.

Le dimanche suivant, le curé fit un sermon, où, de ce ton à la fois emphatique et trivial dont il a l'habitude, il tonna contre l'esprit de révolte et d'indépendance, qui perd les plus humbles communes aussi bien que les peuples et les individus; il assura que, malgré tous ses soins, le démon des mauvaises doctrines se glissait dans la paroisse, et qu'il en serait bientôt maître, si on ne le combattait par les pieux enseignements de l'Église.

— Voyez-vous, mes chers amis, il n'y a que deux choses : Dieu et le démon ; pas de milieu. Si vous n'êtes pas avec Dieu, vous êtes avec le démon. Le démon, c'est l'esprit du monde et sa fausse science. Dieu, c'est ici l'Église qui le représente ; il ne faut donc vous fier qu'à l'Église, à elle seule, pour tout, pour instruire vos enfants comme pour tout le reste. Elle en est bien capable, puisqu'elle est inspirée de Dieu, et, si vous n'étiez pas contents, mes frères, vous seriez bien difficiles. Ce sont vos filles surtout, l'espoir de la famille, qu'il faut confier à ces saintes femmes qui ont renoncé à tout sur la terre pour être les épouses du Sauveur. Elles seules peuvent leur inspirer, avec une fervente piété, la douceur et l'obéissance, sans lesquelles il n'y a point de paix dans la société ; tandis qu'elles n'apprendraient ailleurs que le goût des vaines parures, des plaisirs mondains, et peut-être pis encore, et enfin cet esprit d'examen et d'insubordination qui est le fléau de notre siècle...

Il s'étendit ensuite sur l'ordre, la discipline, les soins touchants, les beaux résultats d'une école de frères de la Doctrine chrétienne, qui existe dans une commune voisine.

Ce sermon était un manifeste abus de pouvoir, une déclaration de guerre. Aux vêpres du même jour, Jacques ne reparut pas au banc des chantres; il était allé se placer à côté de sa femme, dans l'autre nef. La loi n'oblige pas l'instituteur de chanter au lutrin; elle l'y engage seulement. La retraite de Jacques ôtait aux cérémonies religieuses tout le charme d'une belle voix; mais il n'y avait rien à dire, et le nez des vieux chantres recommença de fonctionner, au grand détriment de nos oreilles et de la solennité des offices.

Assurément, madame, vous ne le nierez pas, Jacques, insulté ouvertement, avait le droit de se retirer du milieu de ses adversaires. Mais, à partir de ce moment, commença contre lui et l'institutrice un système de taquineries sourdes, sans trêve, trop longues à vous raconter. Ils en souffrirent beaucoup, et nous avec eux. Rien ne met l'âme mal à l'aise comme de se sentir l'objet de la malveillance d'autrui et d'être forcé au ressentiment.

Nous eûmes la preuve de menées ayant pour but de chasser Jacques et Suzanne, par une lettre de M. le recteur qui leur offrait une autre commune et les engageait à l'accepter; votre mari, madame, leur recommandait en même temps d'avoir le plus grand respect pour l'autorité cléricale dans cette nouvelle résidence, et d'y montrer plus de tact et de prudence qu'ils n'avaient fait à la Roche-Néré.

Jacques répondit qu'il tenait à notre commune par des liens très-puissants de famille et d'amitié; qu'il n'avait commis aucun acte répréhensible; et qu'on voulût bien le juger avant de le condamner, défiant qu'on pût prouver contre lui aucun fait de nature à motiver son changement. Les choses, en effet, en restèrent là pour le moment.

Nos ennemis toutefois ne se décourageaient pas; un hasard nous en donna la certitude. A peu de jours de là, mon mari, ayant une affaire avec M. Alfénor, se rendit chez lui. Comme c'est l'habitude à la campagne de laisser les portes ouvertes, il parcourut le rez-de-chaussée sans trouver personne, et pénétra ainsi jusque dans le jardin, où la bonne lui dit que M. Alfénor était dans sa chambre, et l'alla chercher.

La chaleur était forte. M. Vaillant, après avoir jeté les yeux autour de lui, choisit le coin d'ombre le plus épais, et alla s'asseoir sur un petit banc recouvert par les branches d'un énorme laurier-cerise, le long du mur qui, de ce côté, sépare le jardin des Granger de celui des Bonafort. Il n'était là que depuis un instant quand il entendit plusieurs voix dans l'autre jardin, voix qu'il reconnut bientôt pour celles de M. et madame Bonafort, de M. le curé, et de mademoiselle Prudence, et qui, se rapprochant de plus en plus, vinrent se faire entendre tout proche, de l'autre côté du mur, comme si les personnes s'étaient assises là. On parle haut à la campagne, et d'ailleurs mademoiselle Prudence est un peu sourde ; pas une parole ne se perdit.

— Ce serait pourtant un peu fort, disait la maîtresse du lieu, si nous ne pouvions venir à bout de ces gens-là ; car enfin nous sommes les notables de l'endroit, tandis qu'un instituteur, un paysan décrassé, ça n'a pas de protections.

— Que voulez-vous? dit le curé, il n'y a pas encore contre lui de choses assez graves...

— Pas de choses graves ! cria de son ton grêle mademoiselle Prudence. Comment donc, mon cher monsieur le curé, les progrès de l'irréligion... c'est épouvantable!

On brûlerait ces gens-là qu'on ferait bien. Oh non! moi, voyez-vous, ce ne sont pas des choses que je supporte, et quand je vois cette petite mijaurée qui ose lutter avec nos saintes sœurs, je l'étranglerais de mes deux mains!

— Je ne dis pas, je ne dis pas; c'est très-grave pour la conscience; mais la loi ne s'inquiète pas de cela.

— La loi a raison, dit M. Bonafort d'un ton doctoral; il faut des preuves, c'est la garantie du citoyen. Moi, je suis de votre avis en ce que j'aimerais mieux un autre instituteur, un bon garçon dont on pourrait faire quelque chose et qui ne serait pas avec les Vaillant... Je n'aime pas les Vaillant, parce qu'ils sont fiers, dissimulés, ne disant point leurs affaires, mais...

Tandis qu'il cherchait le commencement de son idée, sa femme reprit :

— Mais enfin il refuse de chanter; c'est une chose grave.

— Il n'y est pas obligé absolument.

— C'est un manque de zèle.

— Oh! pour cela, il peut être sûr que les gratifications ne tomberont pas chez lui; il s'en tirera comme il pourra, et nous nous arrangerons même, en février prochain, pour faire abaisser par le conseil municipal le taux de la rétribution scolaire.

— Hum! est-ce bien juste? objecta M. Bonafort, faisant l'impartial.

— Bon! s'il n'est pas content qu'il s'en aille!

— Et bon voyage, monsieur du Mollet! ajouta en fausset mademoiselle Prudence, qui frappa des mains.

— Il y a pourtant des cas, dit madame Bonafort, où le maire peut suspendre l'instituteur.

— Oh! pour cela, il faudrait un grand scandale; mais, pour des choses sans éclat, il n'y a pas moyen. Et puis cet homme-là tient bien son école; il est exact, appliqué, ne s'enivre point.

— Et sa femme! Une institutrice ne doit pas faire parler d'elle.

— Sans doute; mais là encore pas de preuve.

— Bah! on n'ose pas s'adresser aux honnêtes femmes. M. Alfénor n'aurait pas eu cette audace si elle ne l'avait pas encouragé.

— Vous l'a-t-il dit?

— Non; il rit quand on lui en parle, voilà tout. Enfin, monsieur le curé, ce qui est grave, c'est que ce Galéron a méconnu votre autorité. La loi vous a établi son surveillant direct; il a donc manqué à la loi, et, à votre place, j'adresserais contre lui au préfet une accusation en règle.

— Ce serait peut-être un peu fort, ma chère dame.

— Allons donc, monsieur le curé, vous n'êtes vraiment pas brave, et vous ne connaissez pas tous vos avantages. La loi, la loi, c'est bien; mais ce qui fait la loi, c'est son application. Vous avez d'abord les droits que vous donne la loi, et puis votre autorité morale, qui s'étend bien au delà. Est-ce qu'entre l'instituteur et vous on peut hésiter? Ni le recteur ni le préfet ne voudraient se mettre mal avec l'évêque. Allez donc, allez toujours, c'est moi qui vous le dis; ces gens-là ne tiennent à rien et ne peuvent pas se défendre contre vous.

— Dis donc, ma femme, s'écria M. Bonafort, tu vas beaucoup trop loin. Que le clergé veille à l'éducation du peuple, je le veux bien; mais qu'il usurpe le pouvoir dans l'État, c'est ce que je... c'est ce qui ne doit pas être.

— Les deux choses en arrivent au même, répliqua madame Bonafort.

— Taisez-vous donc, vieux voltairien, dit mademoiselle Prudence; on vous renverra votre instituteur et nous aurons des frères de la Doctrine chrétienne, et tous les enfants de la Roche-Néré porteront des médailles et des scapulaires, marcheront les yeux baissés et nous salueront chapeau bas.

— Pas du tout! pas du tout! Je n'entends pas ça! reprit M. Bonafort; et il se mit à fredonner un refrain très-connu de Béranger.

— Voulez-vous bien vous taire! cria mademoiselle Prudence.

— Monsieur Bonafort, dit sa femme d'une voix impérieuse, vous êtes inconvenant.

— Et inconséquent par-dessus tout, cria la vieille fille. Puisque vous voulez de la religion pour le peuple, prenez les moyens de lui en donner.

— Eh bien! l'autorité suffira. Si je suis pour vous, moi, c'est que vous représentez l'autorité; c'est que l'autorité vous a été confiée, je ne connais que ça.

— Ah! bien oui! s'écria le curé, je voudrais savoir ce que vous feriez pour vous faire obéir, si vous n'aviez pas des âmes dressées à l'obéissance, au renoncement...

Et la discussion continua quelque temps sur ce sujet; après quoi, revenant sur l'instituteur, elle conclut ainsi par ces paroles du curé Babillot :

— Voyez-vous, ce n'est qu'une affaire de temps et de patience. L'occasion viendra bien d'en finir avec eux, et, si elle ne vient pas, à force de se plaindre, on fatiguera les oreilles de leurs supérieurs, qui nous en débarrasseront, pour se débarrasser de nos instances. Comme dit madame Bonafort, ces gens-là ne peuvent pas avoir longtemps raison contre nous.

Mon mari n'était pas le seul à entendre cette conversation ; au bout de quelques instants, M. Alfénor était venu, et, comprenant les signes que lui fit M. Vaillant dès qu'il l'aperçut, il s'était, sans bruit, avancé jusqu'auprès de lui. Mais ce qui prouve combien il a peu de cœur, c'est qu'au lieu d'être indigné de ce complot, il rit de l'aventure et sembla n'y trouver qu'un amusement.

On nous tendit des piéges; mais nous étions avertis. Un jour, M. le curé, qui, depuis quelque temps, était fort aimable pour les Galéron, revint du chef-lieu, où il était allé voir M. le recteur, et courut chez Jacques au débotté. Il lui fit une peinture merveilleuse d'une commune, celle des Bureaux, qui était vacante, et qui offrait, disait-il, un revenu double de celui de la Roche-Néré, outre de grands avantages de local et de voisinage. Il fallait se hâter; M. Babillot avait sondé M. le recteur; Jacques pouvait obtenir les Bureaux; mais la demande devait être faite sur l'heure, car les concurrents ne manquaient pas. Et le curé mettait la plume à la main de Jacques. Jacques la posa, disant qu'il réfléchirait. Suzanne, elle, n'eût voulu nous quitter à aucun prix; mais un enfant allait venir, qui serait peut-être suivi par d'autres, et cinq à six cents francs de plus pour un budget de huit cents francs sont fort à considérer. Un samedi soir, Jacques partit et fit à pied les dix lieues qui nous séparent du chef-lieu, afin d'aller voir M. le recteur et de prendre des renseignements sur les Bureaux.

Il revint en haussant les épaules. Outre

leurs inconvénients particuliers, les Bureaux ne valaient pas cent francs de plus que la Roche-Néré, et ce n'était pas pour cela qu'il aurait voulu chagriner sa femme, sans compter bien des avantages qu'ils eussent abandonnés en s'éloignant de nous. Il déclara donc formellement à M. Babillot qu'il ne quitterait la Roche-Néré que pour un chef-lieu de canton ; encore y voudrait-il bien regarder.

Cette fois M. le curé se mit en colère.

— Vous ne voulez pas vous en aller de bonne volonté, dit-il; eh bien! je vous ferai partir de force.

Il devint plus taquin que jamais, et Jacques eut souvent besoin de toute sa patience, pour ne pas le mettre à la porte.

Vinrent les élections. C'est un candidat légitimiste, chaudement appuyé par le clergé, qui devint, je ne sais pourquoi, le candidat du gouvernement. Il y avait aussi un candidat démocratique, et la profession de foi de celui-ci nous toucha beaucoup; car il comprenait bien, cet homme, les besoins du peuple et ceux de notre temps; et ce qu'il demandait par-dessus toutes choses, c'était le développement de l'instruction publique, plus de bien-être, et surtout plus de dignité pour l'instituteur. En lisant cela, des larmes roulaient dans les yeux de Jacques, et il me montra tout aussitôt des circulaires du sous-préfet et du recteur, où il lui était recommandé d'employer toute son influence pour faire voter les électeurs en faveur du candidat officiel. Puis il prit son bâton et son chapeau.

— Où allez-vous? demandai-je.

— Remplir mes devoirs d'esclave, me répondit-il. Je dois aller, ainsi que le garde-champêtre, distribuer dans les villages les bulletins de M. V..., le légitimiste, l'ami des prêtres, au lieu d'y recommander le nom de cet homme que je nommerais si volontiers. Mais, diable! est-ce qu'un instituteur a le droit d'avoir une conscience? Va donc, misérable manœuvre! va donc! tu n'es ni un homme ni un citoyen!

Il partit sombre, exalté, en repoussant sa femme qui voulait l'apaiser et qui passa cette journée dans les larmes.

— Ah! maman, disait-elle, j'ai eu tort de l'empêcher d'être soldat : il souffre trop!

Jacques revint le soir, harassé, mais abattu bien davantage.

Je le vois encore sur sa chaise, au coin de la cheminée, pleurant de grosses larmes dans ses mains fermées, tandis que Suzanne, pleurant aussi, préparait le souper.

Dans ce temps-là revint à la Roche-Néré un soldat qui avait fait les guerres d'Afrique avec le vieux Galéron. Il s'y était réengagé deux fois. C'était un homme de quarante à quarante-cinq ans, qui se maria tout de suite dans le pays, et ouvrit un café sous le titre de *Café d'Alger*.

Un camarade de campagnes pour le vieux Galéron, ce fut une joie! Il en causait bien de ses campagnes, et même beaucoup, avec nous, mais il ne se sentait pas compris comme il faut, et voyait bien que nous y mettions de la complaisance. Aussi, comme son camarade n'avait pas le temps de venir chez lui, il alla chez son camarade. C'était seulement pour causer, il n'y faisait aucune dépense; mais l'Africain (on le nommait ainsi au village) étant bon enfant, servait volontiers un doigt de liqueur ou une demi-tasse à son vieux de la vieille, comme il appelait Galéron. Quand il n'y avait pas trop de monde, les deux amis s'accoudaient, avec tous leurs souvenirs, de chaque côté d'une petite table, et alors commençaient : défilés, marches, contre-marches, feux de file et de peloton, jusqu'à quelque beau fait d'armes, où l'on s'embrassait l'œil en pleurs. La cafetière était tout ébahie de tant de gloire, et les paysans qui se trouvaient là écoutaient bouche béante, et se regardaient ensuite, d'un air d'enthousiasme, n'ayant jamais cru que ce fût si beau. Un tambour qui eût passé eût rallié tout le monde.

C'était la seule distraction du père Galéron, fort chagrin de la situation de ses enfants. Il répétait souvent qu'il avait grand souci de leur voir une tâche si pénible, et qu'il souffrirait de mourir les laissant ainsi.

Le vieux Galéron n'avait pas été sans chercher le moyen d'arracher son fils au pouvoir arbitraire dont il était victime. Ne pouvant croire que tout moyen de réagir et de se défendre leur eût été refusé, il s'était mis à étudier la loi sur l'instruction publique, et cette étude l'avait si bien absorbé qu'il en avait oublié pendant trois jours la route du café d'Alger, et que son ami, venant voir s'il était malade, l'avait trouvé assis à l'ombre de son platane, et penché sur le *Dictionnaire des actes administratifs*, recueil à l'usage des communes. L'Africain avait trouvé cela drôle; aucun Français n'étant censé ignorer la loi, nul ne s'avise de l'apprendre. Ce fut un thème à plaisanteries pour cet homme, qui a le rire gros et la parole lourde.

Le soir de cette triste scène, dont on a tant abusé contre nous, le vieux Galéron se trouvait au café d'Alger, en compagnie d'une dizaine de personnes, entre autres M. Bonafort et M. Granger. C'était l'anniversaire de je ne sais plus quelle victoire ; on avait bu à la gloire française, et le cafetier, habitué aux liqueurs fortes, avait un peu violenté la sobriété de son camarade. Lui-même, se trouvant plus qu'à l'ordinaire en humeur de taquiner, jurait que le vieux Galéron ne savait plus ni boire ni se battre, depuis qu'il s'était imaginé d'être savant.

— Pour lors, l'ancien, si c'était un effet de votre bonté, dit-il, je serais curieux de savoir ce que vous trouviez d'amusant dans ce bouquin-là ?

— D'amusant, mon cher, rien du tout ; non, des choses bien tristes, au contraire.

— Raison de plus pour les y laisser. Voyons, pourtant, ce que c'est que ces choses tristes.

— Ce que c'est, petit, c'est que le pauvre peuple, toi, moi, tous ceux qui sont là, sauf ces deux messieurs (fit-il en montrant le notaire et M. Alfénor qui relevèrent la tête et se prirent à écouter), nous sommes livrés aux prêtres, sous couleur d'instruction publique, pour qu'ils nous ajustent sur les yeux une paire de lunettes à n'y jamais voir.

— Qu'est-ce que vous dites là? demanda M. Bonafort en fronçant le sourcil.

Mais M. Alfénor le poussant du pied :

— Laissez-le donc dire. Vous voulez parler de la loi Falloux? demanda-t-il au bonhomme.

— Non pas, monsieur ; celle-là vous regarde, et c'est pourquoi vous avez tant crié. Moi aussi, tout d'abord, à en entendre parler, je croyais qu'elle concernait l'instruction primaire comme le reste. Mais non, il n'y avait pas lieu de toucher à celle-ci ; tout était fait, et si bien, que les Falloux n'y ont pu faire davantage, excepté d'en retrancher les notables, qui n'y faisaient pas grand'-chose, mais qui, pourtant, s'ils l'avaient voulu, auraient pu balancer l'influence du curé. Du catéchisme, de l'histoire sainte, des prières, n'est-ce pas tout ce qu'il faut aux enfants du peuple? Le reste après vient s'il peut. Comme ça l'on a de francs imbéciles, c'est vrai, mais des gens qui craignent l'enfer, qui pensent que le devoir et l'obéissance c'est tout un, et qui sont incapables de faire leurs affaires eux-mêmes. Ah! les bourgeois savaient bien ce qu'ils faisaient, allez!

C'est pour l'enseignement secondaire que la loi Falloux a tout gâté. Autrefois il y avait bien un aumônier dans les colléges; mais sa plus grosse fonction était de tenir en ordre les vases de l'église; puis on donnait aux enfants de l'antiquité païenne et de la science à cœur-joie, et c'était tout. Et le nombre des élèves était mesuré soigneusement aux institutions ecclésiastiques. C'est qu'il s'agissait ici de former les chefs du troupeau, de petites abeilles-reines qui devaient avoir une autre pâture. La loi Falloux, malgré ça, a donné ces petits-là aux prêtres tout comme les nôtres. Mais, quant à ce qui est de l'instruction primaire, les gens de 1830 avaient fait un chef-d'œuvre du premier coup.

— Ce langage est intolérable! s'écria M. Bonafort échappant à M. Granger ; vous insultez...

— Je n'insulte pas, dit le bonhomme ; je dis ma pensée. Je ne veux de mal à personne, moi ; mais l'instruction pour tout le monde. Et quand je me rappelle tout ce que nous avons fait, tout ce qu'ont fait nos pères en 89, et tout ce qui s'est promis, et les belles choses qu'on a dites ; oui, quand je me rappelle comme ça nous faisait grands d'avoir repris notre droit et de sentir qu'il n'y avait rien au-dessus de notre conscience ; et que maintenant je vois les prêtres, alors si petits, nous traiter comme de vrais bambins!... Ah ! c'était bien la peine ! Oui, ma foi ! c'était bien la peine !

— Tout ça vient des bêtises du peuple, répliqua M. Bonafort un peu radouci. Il est certain que si le peuple eût voulu être sage... Mais l'ordre avant tout, mon cher monsieur; l'ordre est le premier besoin de la société, car...

— Eh bien! soyez tranquille, ils vous en donneront de l'ordre! s'écria en se levant le vieux Galéron.

Son geste, ses yeux pleins de feu sous ses cheveux blancs, frappèrent tout le monde, et il se fit un silence profond.

— Oui, on vous en donnera de l'ordre à votre manière. Écoutez bien ce que je vous dis. Je ne le verrai pas, moi; je suis trop vieux; mais vous penserez à moi dans ce temps-là. Je vous dis que, si la loi ne change pas, tout est perdu. Il n'y a plus de classes maintenant; il faut nous sauver tous ensemble. Votre loi, vous en aviez fait un frein pour la bouche du peuple, ça deviendra un fouet pour vos reins. Ah! vous avez voulu aveugler vos chevaux pour les mieux conduire? Eh bien! ils vous traînent dans le précipice, qu'ils ne voient pas.

Car à présent c'est le peuple qui fait tout; et celui qui le mène, ce n'est pas vous : c'est l'homme noir ; vous lui avez confié les rênes; fouette, cocher! nous retournons à la légitimité. Et pourquoi pas, si ce que Dieu veut, le peuple le veut?

Je sais bien que vous direz : le progrès des lumières est trop grand. Les lumières? où sont-elles? Ce n'est pas dans le peuple, vous le savez bien. Et cependant les votes du peuple couvrent les vôtres comme la voix de la mer couvre celle d'un homme. Ma foi! vous avez coupé les verges, on vous fouettera, c'est bien fait; on rebrûlera vos livres, on vous fera renouveler connaissance avec les *in-pace*; on vous déportera comme vous avez déporté les autres; on vous fera des lois d'amour et de justice, au nom du Père, du Fils et du Saint-Esprit...

Tenez, ajouta-t-il en se rasseyant et en

laissant tomber sa tête sur ses mains, je serais bien content de m'en aller de ce monde, moi, l'enfant de 89, pour ne pas voir ça, si ce n'était ce pauvre garçon, que j'ai eu la bêtise de pousser à devenir un homme instruit et utile au peuple, et qui pour ça se trouve condamné à mourir de misère ou de chagrin!

Ce jour-là était un jour d'octobre, le 26, je crois. Il faisait beau; la fenêtre était ouverte; au milieu du silence qui régnait dans le café, la voix du vieux soldat, forte et vibrante, se faisait entendre jusque dans la rue. Le curé Babillot, qui passait par là, était venu savoir de quoi il s'agissait, et, s'introduisant à mi-corps par la fenêtre, il avait entendu la dernière partie du discours du père Galéron.

Le reste, il se le fit rapporter, Dieu sait comment! et l'embellit ensuite dans ses propres rapports. Quant à moi, madame, j'ai reproduit les paroles du vieux Galéron, telles que lui-même me les a dites, en consultant scrupuleusement ses souvenirs, et je l'ai fait avec assez de hardiesse pour que vous ne puissiez douter de ma franchise. Vous trouverez sans doute que c'est bien assez, trop peut-être; mais ce n'est pas davantage, et le bon vieillard n'a parlé de guillotiner personne, comme on l'a dit bêtement.

Pendant que M. Babillot écoutait ainsi, le rouge de la colère lui montait au visage, et, à peine Galéron eut-il fini de parler, qu'il se prit à l'apostropher durement, circonstance oubliée dans son rapport. Ce qu'il y a de certain, c'est qu'au moment où Jacques, venu pour chercher son père à l'heure du souper, entrait au café, il entendit les mots de vieux fou et de démagogue. Jacques a pour son grand-père une tendresse pleine de vénération; il devint tout pâle, et, s'approchant du curé, qui était toujours accoudé sur la fenêtre, il lui demanda la raison de ces insultes.

— Votre père, étant ivre, dit le curé, vient de nous débiter toutes les horreurs qu'il a dans l'âme, et s'il n'en fait pas amende honorable, et si vous ne désavouez pas ce vieux jacobin, c'est un scandale qui ira loin, je vous le promets.

— Vous calomniez mon père, monsieur Babillot, dit Jacques. Mon père ne s'enivre pas ; son âme ne contient pas d'horreurs, et je n'ai point à le désavouer. Vous perdez vos peines en me conseillant une lâcheté.

— Messieurs ! s'écria le curé, je vous prends tous à témoin que je viens d'être insulté par ce jeune homme, qui est indigne désormais de porter le nom d'instituteur. Il m'injurie, moi, prêtre et curé de cette commune, revêtu d'un caractère sacré.

— Parbleu ! dit le père Galéron, voilà qui est trop fort, que ce monsieur prétende se couvrir de quelque chose de sacré, qu'on ne voit pas, afin d'invectiver les gens à son aise sans qu'on lui réponde ! Mais laisse-le, Jacques; ne vois-tu pas qu'il ne cherche qu'à te faire du mal?

— Je ferai mon devoir, reprit M. Babillot,

en purgeant la commune de cette queue de 93, de ces buveurs de sang, qui sont venus l'infester de mauvaises doctrines et d'odieux exemples.

— Quel mauvais exemple ai-je donné? demanda Jacques, en regardant tous les spectateurs de cette scène.

Mais ils restèrent silencieux, à l'exception d'un jeune homme qui eut la bravoure de dire :

— Aucun, monsieur Jacques, rien que de bons.

— Si ce n'est pas vous, fit en ricanant M. Babillot, qui avait perdu toute mesure, c'est peut-être quelqu'un ou quelqu'une des vôtres? Je n'en sais rien et ne veux pas le demander à M. Alfénor; je dis seulement que les honnêtes femmes sont celles dont on ne parle pas.

— Ça sera vrai quand tous les infâmes auront eu la langue arrachée! s'écria le vieux Galéron, indigné de cette odieuse attaque à l'honneur de Suzanne.

Jacques ne répondit pas ; mais une telle expression se peignit sur ses traits, qu'une partie de ceux qui l'entouraient reculèrent de peur, et que M. Babillot devint blême. Penché à mi-corps dans la chambre, comme il l'était, et se trouvant ainsi tout près de Jacques, debout devant lui, il se rejeta en arrière et voulut s'enfuir. Mais l'émotion paralysa sans doute son mouvement, et quand Jacques ferma violemment la fenêtre, — pour mettre quelque chose entre lui et cet homme, nous dit-il après, — M. Babillot, soit que les jambes lui tremblassent de peur, soit qu'il eût reçu le choc, tomba dans la rue à la renverse.

Voilà, madame, l'exacte vérité sur tous ces bruits qui courent le département, d'un curé battu par l'instituteur et laissé pour mort, et cent autres exagérations. M. Babillot a pu se faire une bosse à la tête ; mais de notre côté l'honneur d'une femme pure est odieusement souillé, et toute une famille privée de travail est réduite à la misère.

Vous savez sans doute ce qui arriva : Jacques, suspendu le même soir de ses fonctions par un arrêté du maire, le curé faisant à sa place et presque chez lui les fonctions d'instituteur, en attendant les *frères*, que nous aurons sans doute, si quelqu'un de fort et de juste ne nous vient en aide. Faut-il donc, pour être instituteur, cesser d'être homme? et déposer aux mains d'un prêtre que l'esprit de sa caste fait votre ennemi, sa conscience, sa dignité, son intelligence, ses affections, jusqu'à l'honneur de sa femme?

Cet homme est tout et l'instituteur n'est rien. Celui-ci, l'accusé, n'est point écouté dans sa propre cause. Il a contre lui toutes les femmes que la dévotion rallie autour du curé, et par les femmes presque tous les maris; la bourgeoisie le dédaigne, les paysans le jalousent, parce que, né parmi eux, il gagne son pain sans sueurs et fatigues de corps.

L'autre, au contraire, pourvu qu'il agisse

dans le sens de la doctrine et contre l'ennemi commun, est soutenu par tout un corps riche et puissant dans l'Etat, par l'évêque, un haut fonctionnaire, par tout ce qu'il y a dans l'opinion de préjugés officiels.

Et cependant, madame, la justice réclame que Jacques et Suzanne ne soient pas chassés de cette commune, où ils n'ont fait que du bien, où ils en feraient beaucoup encore, et où leur seul crime a été de faire concurrence à un établissement religieux. Ah! si M. le recteur venait interroger les élèves des sœurs et les sœurs elles-mêmes, il verrait à quel point l'abêtissement et l'ignorance florissent à la Roche-Néré, et quel besoin a cette commune d'une véritable institutrice.

Que ne suis-je allée vous voir plus tôt, madame! Pourquoi n'ai-je pas renouvelé cette aimable connaissance de notre jeunesse! Peut-être, à votre tour, vous seriez venue me voir, et vous auriez connu ces pauvres jeunes gens, si dignes d'être aimés,

Jacques et ma chère Suzanne. Hélas! vous la verriez maintenant bien différente de ce qu'elle était.

Le coup de cette suspension l'a si rudement frappée, que les douleurs de l'enfantement l'ont prise quelques jours trop tôt, et elle a mis au monde, après d'horribles souffrances, un beau garçon qui ne demande qu'à vivre et sourit déjà, mais que les larmes de sa mère flétriront bientôt, si elles continuent à couler amèrement sur son front, et par le lait dans ses veines.

Ce que je vous supplie, madame, de représenter particulièrement à M. le recteur, c'est que l'enquête faite à propos de ces malheureux événements n'a été qu'une nouvelle intrigue ourdie contre nous. L'inspecteur chargé de cette enquête a été dès l'abord circonvenu par le curé et sa coterie et n'a interrogé que nos ennemis. Cela devait être, et, je le répète, l'instituteur n'a nul recours, nul droit, nul moyen de défense, excepté la justice de ses supérieurs, trop difficilement éclairée.

Voilà pourquoi, madame, vous êtes mon espoir, et tout mon espoir. J'ai la conviction que mon témoignage sera sérieux pour vous, et j'espère que la vérité de cette histoire vous pénétrera en me lisant. L'intérêt de nos ennemis à nous proscrire est trop évident pour ne pas autoriser au moins les soupçons et ne pas conseiller un examen nouveau. Vous êtes bonne : vous plaiderez pour nous auprès de votre mari; vous aurez ce bonheur de lui fournir l'occasion d'un acte de justice.

Ne pourriez-vous, madame, agir également sur madame la baronne de Riochain, qu'on dit en grande faveur auprès de l'évêque, afin d'obtenir que l'animosité de M. Babillot se ralentît contre nous? Cette espérance-là est bien faible; mais je me rattache à tout.

Que deviendraient les membres de cette famille, la carrière de son chef étant brisée, s'ils étaient forcés de quitter la commune et d'aller chercher, bien hasardeusement, à gagner leur pain ailleurs, comme instituteurs libres, loin des consolations de notre amitié et de ces petits secours faibles, mais journaliers, que le voisinage rend faciles, mais qu'on ne peut convertir en argent? car nous possédons peu, je vous l'ai dit, madame. L'éducation de notre fils épuise toutes nos ressources, et mon mari a le défaut, que je ne blâme point, de ne faire payer que les malades riches. Ils sont rares à la Roche-Néré.

Il s'agit donc, littéralement, d'arracher une famille à la misère, une famille composée de deux êtres forts instruits, utiles à la société, outre un vieillard qui a versé son sang pour la France, et un enfant, doux mystère si plein de promesses. Plus encore, peut-être, il s'agit de combattre une injustice avouée, triomphante, qui fait ailleurs bien d'autres victimes. Jamais plus belle occasion ne peut vous être donnée de faire le bien.

Recevez, madame, tous mes vœux, toute mon espérance, l'assurance de mon affection et de la gratitude que d'avance je ressens pour vous.

ÉLISE VAILLANT.

RÉPONSE DE LA FEMME DU RECTEUR A MADAME VAILLANT

Je n'ai point, en effet, madame, oublié l'aimable amie de mes jeunes années, et l'histoire de vos protégés m'a paru extrêmement touchante. Aussi n'ai-je cru mieux faire que d'en imposer la lecture à mon mari, ne pouvant donner à votre cause un avocat plus chaleureux que vous-même.

Monsieur le recteur, madame, trouve aussi ce jeune couple fort à plaindre, et désirerait qu'il lui fût possible de l'aider efficacement. Par malheur, les difficultés sont grandes. Vous l'avez vu par votre propre expérience, c'est une chose grave que de s'attaquer au clergé en quoi que ce soit, surtout peut-être pour défendre ceux qu'il a condamnés.

Pour vous prouver jusqu'où va mon désir de vous être utile, je me suis présentée chez la baronne de Riochain, avec l'intention de voir ce qui pourrait être tenté de ce côté. On est venu précisément à parler du scandale arrivé à la Roche-Néré, et madame la baronne s'en est exprimée avec tant d'indignation et de courroux, que j'ai reconnu sur-le-champ qu'il n'y avait rien à faire.

J'ai hasardé cependant une petite rectification; mais alors la baronne, me regardant d'un air étonné, a vivement relevé mes paroles, et j'ai été fort au regret de cette tentative; car cette maladresse n'a pu vous servir, et peut nous nuire près d'une personne aussi influente que madame de Riochain.

L'affaire a fait beaucoup de bruit, et tout ce qu'on en rapporte s'éloigne extrêmement de votre récit. Je vous crois; mais l'opinion de tous les gens bien pensants est contre vous. Les moins dévots conviennent que cette insulte à un prêtre doit être vengée, dans l'intérêt des hiérarchies sociales. On attribue en outre à M. Jacques Galéron des idées tout à fait en désaccord avec sa position et ses devoirs; et, il faut bien l'avouer, madame, votre plaidoyer, fort sincère, est loin, sous ce rapport, de le justifier.

Vos opinions, vos réflexions, si indépendantes, répondent des siennes et de celles de votre élève. Ce vieux grand-père me semble aussi beaucoup trop raisonneur, et, bien que la glorieuse date de 89 soit chose consacrée, même par notre gouvernement, il n'est pas bon d'en tirer trop de conséquences; on doit laisser le soin de la rappeler à ceux qui le font avec mesure, et l'autorité seule est compétente pour cela.

M. le recteur craint vivement, je vous l'avoue, que le malheureux esprit d'indépendance de cette famille ne suscite partout de nouveaux conflits. La maintenir à la

Roche-Néré est tout à fait impossible; on se compromettrait à l'essayer sans rien obtenir.

Vous comprenez trop bien, madame, la situation délicate de l'enseignement laïque pour ne pas deviner que chacun, à quelque rang qu'il soit placé, a sa position à défendre et bien des écueils à éviter. Croyez-en mes conseils, madame, il n'y a rien à gagner et tout à perdre dans la lutte que vous avez entreprise.

S'attaquer à plus fort que soi, combattre seul contre tous, c'est vouloir succomber, et même sans gloire, puisque la foule, vous le savez, n'estime que le succès. La France a prouvé qu'elle voulait être gouvernée; elle n'est donc point majeure, comme on le lui dit assez d'ailleurs; puis donc qu'elle a besoin de lisières et que l'Église les fournit... Je conviens que l'enfant a toute chance de ne pas grandir; mais, après tout, ce ne sont point nos affaires, et chacun a assez de songer à soi.

Dites à vos protégés, madame, au nom de ce petit enfant dont vous me parlez et dont l'avenir les doit tant intéresser, dites-leur qu'ils ne s'occupent que du bien de leur famille, comme font tous les gens raisonnables en ce temps-ci. Mon mari veut bien consentir à parler en leur faveur à M. le préfet; il essayera de conjurer une révocation presque certaine.

On leur chercherait alors, aux confins du département, quelque commune assez éloignée de la Roche-Néré pour que leur histoire y fût ignorée. Qu'ils n'oublient pas cependant que le desservant de cette commune saura tout d'avance, et qu'ils auront beaucoup à racheter près de lui.

Mon mari espère que M. Jacques, instruit par une si rude expérience, changera désormais de tactique, et c'est à cette seule condition qu'il veut bien promettre ses bons offices.

Recevez, madame, l'assurance de mon

meilleur souvenir, et du vif plaisir que j'aurais à renouveler votre connaissance, si ma position ne m'obligeait à beaucoup de ménagements.

JULIE MIRETEAU.

FIN

ARTICLES

SUR LES

PRÉCÉDENTS OUVRAGES DU MÊME AUTEUR

(*Extrait du Journal des Débats du 20 janvier* 1865)

Qui paye ses dettes s'enrichit. Je veux donc payer aujourd'hui les miennes, quelques-unes du moins.

Voici d'abord trois livres, dont deux très-remarquables, dus à la plume d'un auteur féminin caché sous un nom masculin : — ***Un Mariage scandaleux, Une Vieille Fille, les Deux Filles de M. Plichon.***

Le mariage scandaleux dont il s'agit est celui d'une jeune demoiselle de la bourgeoisie de province avec un simple paysan. La famille de la demoiselle s'oppose à ce mariage aussi longtemps qu'elle peut, et finit par y consentir. Cette situation est développée avec beaucoup d'art et d'esprit.

C'est, dira-t-on, le thème de ***Paul et Virginie.*** Oui, si vous voulez; cependant il y a plus d'une différence, et d'abord celle-ci, que la scène du roman nouveau n'est pas à l'Ile-de-France, mais en France même, dans le Poitou. Le prétendu scandale est donc beaucoup plus grand ici que là, les convenances ou les conventions étant bien plus étroites dans la société soi-disant civilisée de certaines petites localités provinciales que loin du monde et de ses préjugés, au milieu d'une nature vierge.

Moralement égaux par le cœur et l'esprit, Michel et Lucie paraissent placés, socialement et d'après les idées reçues, à une distance infranchissable. Justement il s'agit de la leur faire franchir, et de faire accepter au lecteur cette situation et cette conclusion, en passant par tous les obstacles et par toutes les difficultés dont la peinture a fourni à l'auteur un tableau très-varié et très-vrai des mœurs de province. Les luttes prolongées des sentiments les plus naturels et les plus purs, aux prises avec les bienséances plus ou moins justes, les usages tout-puissants, et aussi avec la malignité, la sottise et l'envie, sont retracées dans ce livre avec finesse, avec vigueur, parfois avec une éloquence simple, courte, sans ombre de déclamation.

Si l'on peut noter, dans la forme, en ce qui regarde le langage rustique de Michel, quelque reflet des romans champêtres de George Sand, cela n'empêche pas qu'il faille reconnaître dans tout cet ouvrage un sentiment très-vif et très-personnel de la campagne et de ses habitants, avec un fonds très-riche d'observations directes.

Sans prétendre signaler aucune imitation, on pourrait dire que cette œuvre rappelle plutôt Claude Tillier, l'auteur de *l'Oncle Benjamin*, ou Balzac, dans les *Scènes de la vie de province*, que l'auteur de *François le Champi*.

Quoi qu'il en puisse être de ces parentés ou de ces analogies littéraires, *Un Mariage scandaleux* est, bien évidemment, l'œuvre propre et naturelle de l'auteur. Les mœurs provinciales de la petite bourgeoisie pauvre, qui rougirait de *se mésallier* avec un paysan, même riche, intelligent et noble de cœur, y sont réellement saisies sur le vif et peintes avec une naïveté bien originale. Il y a des dialogues vrais, excellents, en très-bon langage ; beaucoup de finesse et de malice dans un grand nombre de petits tableaux de mœurs ; toutes sortes de jolis croquis bien enlevés ; des épisodes variés et enchaînés avec adresse ; un vif intérêt et des plus honnêtes ; une source jaillissante de passion vraie et pure, adroitement ménagée dans son cours ; des nuances délicates, des expressions justes et vives.

Ce Michel est aimé aussi d'une jeune et gentille paysanne, pour laquelle il n'a que de l'amitié, et qui est un caractère charmant.

Lucie a une mère romanesque, entichée de sa bourgeoisie, rêvant pour ses deux filles des aventures avec la caste au-dessus d'elles, plutôt qu'un honnête et bon mariage avec la classe au-dessous.

La sœur de Lucie, qui est dans les mêmes idées

que sa mère, dépérit désespérée de devenir vieille fille, et meurt désolée de n'avoir pas vécu. Ce dernier caractère est peut-être le plus remarquable du livre.

Il semble que l'auteur en avait eu la première idée en commençant son autre ouvrage *Une Vieille Fille*, qui, publié en second lieu, a été, je crois, composé le premier. Puis l'idée se serait modifiée à mesure que l'œuvre avançait. Il se trouve, en définitive, que celle qu'on nommait vieille fille ne l'était pas autant qu'on le croyait et qu'elle le croyait elle-même. Un amour vrai, honnête et partagé la rajeunit et la métamorphose. Il y a plusieurs pièces sur cette idée-là, qui n'en est pas plus régalante : *la Vieille*, *la Douairière de Brionne*, et d'autres encore. En un mot, *la Vieille Fille* est une œuvre indécise et faible, mais ornée de beaux paysages, ceux de Lausanne et du Léman. L'auteur a un don singulier pour sentir la nature et pour la peindre.

Les Deux Filles de M. Plichon sont le troisième ouvrage du même écrivain. Ce roman-ci est par lettres, forme qui a ses inconvénients et ses avantages : les inconvénients, ce sont les longueurs ; les avantages, c'est l'agrément du naturel et de la fantaisie. Là encore, ce qui brille par-dessus tout, c'est le sentiment et la peinture vive et fraîche de la campagne. Nous sommes revenus dans le Poitou. Les paysans et la petite bourgeoisie fournissent encore presque tous les personnages de cette comédie, très-variée dans ses développements, très-simple au fond.

Le jeune comte William de Montsalvan, fiancé à la plus jeune des deux filles d'un ancien notaire, se met, sans le vouloir et sans s'en douter, à aimer l'autre peu à peu. Il s'est aperçu que sa fiancée chérit surtout en lui son titre : cela l'écœure et le détache. Au contraire, il découvre en l'autre sœur un esprit plus libre de préjugés, une raison plus forte et plus élevée, un caractère décidé, courageux, une âme fière : cela séduit la sienne, qui n'est ni moins noble ni moins généreuse. L'auteur, j'imagine, s'est peint lui-même dans ces deux personnages très-attachants. Les développements coulent à grands flots de la source la plus haute et la plus pure, celle de la justice et de la bonté.

Ce livre-ci n'est pas moins remarquable qu'*Un Mariage scandaleux;* on y trouve les mêmes qualités, encore mûries. Il faut qu'on me permette d'en détacher une page comme spécimen de l'auteur :

« Le luxe de ces campagnes contraste avec la misère de leurs habitants. Les demeures des hommes ressemblent à des étables, et c'est une risée amère que de voir, à côté du vernis éclatant des feuilles et de la fine texture des herbes, les sales haillons du prétendu roi de la nature. Encore ne serait-ce rien que le vêtement; ce qui m'indigne surtout, c'est l'abaissement moral et intellectuel de ces visages. Rien d'élevé, de noble, de viril; nul éclair. Les traits sont gros, quelquefois ignobles, la face bestiale. Ils vous saluent humblement, ou vous regardent passer d'un air hébété. Entre les poulains gracieux et éveillés qui accourent pour vous voir, au bord de la route, et le petit berger, stupéfait et les bras pendants, qui vous regarde, sans même répondre à votre bonjour, le choix n'est pas douteux, mais il est humiliant. Je te le dirai tout bas, de peur de contrarier l'éloge officiel du peuple français, il me paraît y avoir encore dans ces paysans plus du serf que du citoyen.

« Comme je revenais, j'atteignis une pauvre femme qui marchait courbée sous un fagot d'herbes, une faucille à la main ; elle me regarda curieusement, nous nous dîmes bonjour, et je lui demandai où elle allait. Elle venait d'un champ voisin, et se rendait à l'étable de sa chèvre ; elle avait fait cela la veille, elle ferait de même le lendemain ; et, dans ce visage flétri, je ne vis rien au delà. Les herbes coupées qu'elle portait, la plupart fleuries, se penchaient avec une grâce languissante ; mais elle, ce n'était que grossièreté, laideur, écrasement de tout. J'essayai de la faire parler ; ce fut une longue plainte : la vie dure, le mari brutal, les enfants ingrats. Puis tout ce qu'elle avait pu faire cette année avait manqué, blé, chanvre, légumes. Il n'y avait que la chèvre et les poules qui donnassent quelque chose, mais c'était peu ; et les poules encore, à cause des gens riches et de leurs raisins, (elle me lança un coup d'œil oblique), elle ne savait où les mettre, car les pauvres ont beau faire, ils ne peuvent réussir à rien.

« Je lui donnai quelque monnaie, et cette munificence, qui parut l'étonner, réveilla pourtant dans son œil terne une lueur de joie. J'étais attristé ; je ne voulus pas rentrer encore, et je me couchai derrière une haie, à l'ombre, car le soleil devenait chaud.

« C'était plein d'insectes qui fourmillaient là de tous côtés, chacun d'un air empressé, suivant son chemin et sachant très-bien ce qu'il allait faire, tous propres, brillants, heureux. Je songeais, moi, à ce triste problème de la misère humaine, quand j'entendis marcher et parler dans le chemin. C'était la voix d'Anténor et une autre voix plus douce. En regardant à travers la haie, je vis mon futur beau-frère à côté d'une paysanne assez jolie.

« — Non, vous n'êtes pas bonne pour moi, Mignonne : ce n'est pas bien.

« — Je n'ai pas besoin d'être bonne pour vous, monsieur Anténor.

« — Mais j'en ai besoin, moi, que vous le soyez! C'est gentil ce que vous dites! Est-ce qu'une jolie fille devrait être si égoïste?

« Il voulut alors l'embrasser; mais la fille le repoussa en s'écriant :

« — Finissez, monsieur Anténor; vous savez bien que je ne suis pas de celles qui jouent comme ça!

« — Oh! parce que ce n'est pas Justin! répondit le jeune Plichon avec dépit; vous n'êtes pas si insensible pour lui, mademoiselle Mignonne!

« Je n'en entendis pas davantage; un peu plus bas la haie se brisa sous un effort, et Anténor, pénétrant dans le champ où je me trouvais, s'éloigna sans me voir, en écrasant sous ses pas le chaume des sillons et en sifflotant sur un ton aigu. »

J'ai voulu citer sans interruption toute cette page, parce qu'on y peut voir comment, dans ce livre, un joli tableau n'attend pas l'autre : il y en a là quatre ou cinq de suite, qui se succèdent avec une variété agréable et naturelle. Et cela ne s'arrête pas là : on en trouve d'autres encore, tout de suite après.

Mais, par-dessus tout, le beauté du livre, c'est la passion douce de l'amour naissant peinte avec une naïveté suave et pénétrante; ce sont les émotions élevées de deux âmes dignes l'une de l'autre qui se rencontrent dans l'ardeur du bien, dans l'idéal de la justice et dans une généreuse émulation à en réaliser ce qu'on peut ici-bas.

Homme ou femme, l'auteur est une âme généreuse, un esprit libre et un talent déjà très-grand, qui est en train de croître encore.

EMILE DESCHANEL.

(*Extrait du Journal de Nice du 26 janvier 1865*)

En trois pas, cela est rare à constater de nos jours, un écrivain tout à fait inconnu est arrivé à une réputation qui est presque la gloire déjà. André Léo, c'est le nom du romancier, a franchi à tire-d'aile l'espace incommensurable qui sépare, d'ordinaire, l'indifférence pour les débuts de cette notoriété éclatante qui commande l'attention du public. — Une légende touchante plane sur ce nom d'André Léo ; et si ce n'est point à ces circonstances particulières que l'auteur du *Mariage scandaleux* doit le succès de ses livres, elles y ont aidé depuis quelques semaines, et nous nous en réjouissons, puisque la curiosité et la sympathie du public sont venues au-devant d'un grand talent et lui ont assuré une belle place au soleil.

André Léo, raconte-t-on, est un pseudonyme qui cache le véritable nom d'une femme du meilleur monde, d'un esprit fort cultivé, d'un cœur élevé. Madame C... (une initiale, c'est tout ce que j'en sais), du prénom de chacun de ses deux enfants se composa ce pseudonyme qui lui porta bonheur, comme toute idée touchante à laquelle se mêle un peu de religion. Il se trouva que cette jeune mère, en trempant sa plume inexpérimentée dans l'encrier, y trouva non pas l'encre avec laquelle on improvise des livres à succès éphémère, mais avec laquelle on écrit des œuvres véritables.

Le premier des trois ouvrages d'André Léo qui affronta la publicité, sinon le premier qu'il ou qu'elle écrivit, fut le *Mariage scandaleux.* Des qualités éminemment viriles à côté de certaines grâces inséparables de la femme, une habileté consommée dans l'art du récit, que ne dépare pas une visible inexpérience, une façon particulière de cingler le ridicule, une logique serrée dans la démonstration d'une thèse toute morale, un sentiment exquis du paysage et une éloquence pénétrante, un style, enfin, élégant, original à certains moments, et s'échauffant aisément jusqu'à faire vibrer toutes les fibres de l'âme; n'était-ce pas plus qu'il n'en fallait pour qu'un tel livre ne passât point inaperçu?

Le sujet lui-même offre un attrait saisissant. Une jeune fille de petite bourgeoisie, vivant à l'air libre, entre un père paresseux et sans énergie, une mère sottement vaniteuse et une sœur ambitieuse, s'attache à un jeune paysan intelligent, grand de cœur, et le seul appui qu'elle rencontre dans un milieu où la misère de sa famille engendre dans cette maison délabrée des querelles incessantes, des tiraillements, des haines dont Lucie supporte le poids avec une douceur angélique. Son père, sa mère, sa sœur, qui affectent le plus méprisant dédain pour les paysans, font je ne sais quels rêves insensés, et dont ils sont justement punis, en portant les yeux au-dessus d'eux.

L'amour chaste et contenu de Lucie pour le paysan Michel fait tout le fond de ce drame poignant. Le difficile était de rapprocher ces deux êtres séparés par les convenances sociales, égaux par l'esprit autant que par le cœur. Quel art il a fallu à l'auteur pour faire franchir cette distance au lecteur et le conduire à accepter une situation qu'il ne peut se défendre de trouver très-simple et très-naturelle! Que d'obstacles à vaincre! Quelle lutte honnête et loyale avec les entraînements les plus vifs, avec les bienséances, avec les préjugés, avec la malignité, avant d'arriver au dénoûment!

Lucie et Michel ne sont pas les deux seuls personnages intéressants du roman. Il y a là dix ou douze physionomies tracées de main de maître; et si nous avions un reproche à adresser à l'auteur, ce serait d'avoir tellement élargi son cadre pour y faire entrer tous les caractères qu'il a voulu peindre, que son livre se trouve un peu long, peut-être d'une soixantaine de pages. Lesquelles faudrait-il retirer? Je ne saurais le dire et je regretterais sans doute ces pages de moins; mais l'œuvre y gagnerait certainement, si le lecteur devait y perdre.

La Vieille Fille a le défaut contraire. L'ouvrage est écourté. Il y a excès de sobriété. Un seul personnage est dessiné en pied, des autres nous n'avons que des profils charmants; mais c'est toujours la même ampleur que dans le *Mariage scandaleux*, du sentiment descriptif. Il y a là deux ou trois tableaux d'une magnificence incontestable. Le sujet est simple; la façon dont il est traité donne à quelques scènes de l'ouvrage des proportions grandioses. C'est le propre du talent d'élargir tous les sujets.

Les Deux Filles de M. Plichon, le troisième ouvrage de l'auteur, est supérieur, à beaucoup de points de vue, au *Mariage scandaleux*. C'est encore d'un mariage qu'il s'agit; mais il n'a, cette fois, rien qui paraisse devoir blesser les convenances sociales des héros. M. Plichon ancien notaire, a deux filles. Le comte de Montsalvan, fiancé à la plus jeune, et sur le point de l'épouser, s'éprend peu à peu, et sans s'en douter, de l'aînée, âme fière, raison solide, esprit élevé; tandis que la jeune Blanche, le comte s'en aperçoit assez à temps, n'a été séduite que par l'éclat d'un titre. L'existence calme, solitaire et campagnarde que rêve Montsalvan paraît convenir peu à la jeune mademoiselle Plichon. Édith, l'aînée des deux sœurs se laisse, au contraire, aller à de pareils rêves qui concordent avec l'élévation de ses sentiments. C'est donc, sans que personne s'en froisse, l'aînée des demoiselles Plichon que Montsalvan épouse, au lieu de Blanche. Rien n'est plus charmant et plus séduisant que la façon tout à fait pénétrante dont naît et se fonde sur la conformité des idées les plus nobles et les plus justes la passion de Montsalvan et d'Édith.

Si le *Mariage scandaleux* est un livre hors ligne déjà, les *Deux Filles de M. Plichon* sont un progrès considérable de l'auteur. Il y a longtemps qu'un tel talent ne s'était levé sur notre horizon littéraire; saluons-le avec d'éclatants témoignages de sympathie.

On a cherché des rapprochements, des points de comparaison entre André Léo et tels et tels autres écrivains; on a surtout beaucoup mis en avant le nom de George Sand. Dans les ouvrages d'André Léo, on ne trouve pas la fougüe des premières conceptions de l'illustre auteur de *Lélia;* mais on y sent la chaleur contenue de l'auteur du *Marquis de Villemer*. La distance que George Sand a dû franchir à vingt-cinq années d'intervalle, André Leo l'a franchie du premier pas. Comme George Sand, l'auteur du *Mariage scandaleux* s'est pris de lutte avec des idées, mais il n'a affronté aucune des lois sociales. Il a placé l'action de ses livres dans le courant des conditions morales de notre vie, et il y a fait jouer merveilleusement les ressorts du drame et de la comédie.

Les regards du public sont désormais tournés du côté d'André Léo. Il y a là un maître de la plume.

XAVIER EYMA.

2681. — PARIS. — IMP. POUPART-DAVYL ET COMP., RUE DU BAC, 30.

Imprimé en France
FROC021703060720
24425FR00008B/386

9 782329 421322